天才発明家ニコ&キャット

キャット、月に立つ!

南房秀久／著
トリル／イラスト

JN172227

★小学館ジュニア文庫★

天《てん》才《さい》発《はつ》明《めい》家《か》ニコ&キャット

キャット、月《つき》に立《た》つ!

もくじ

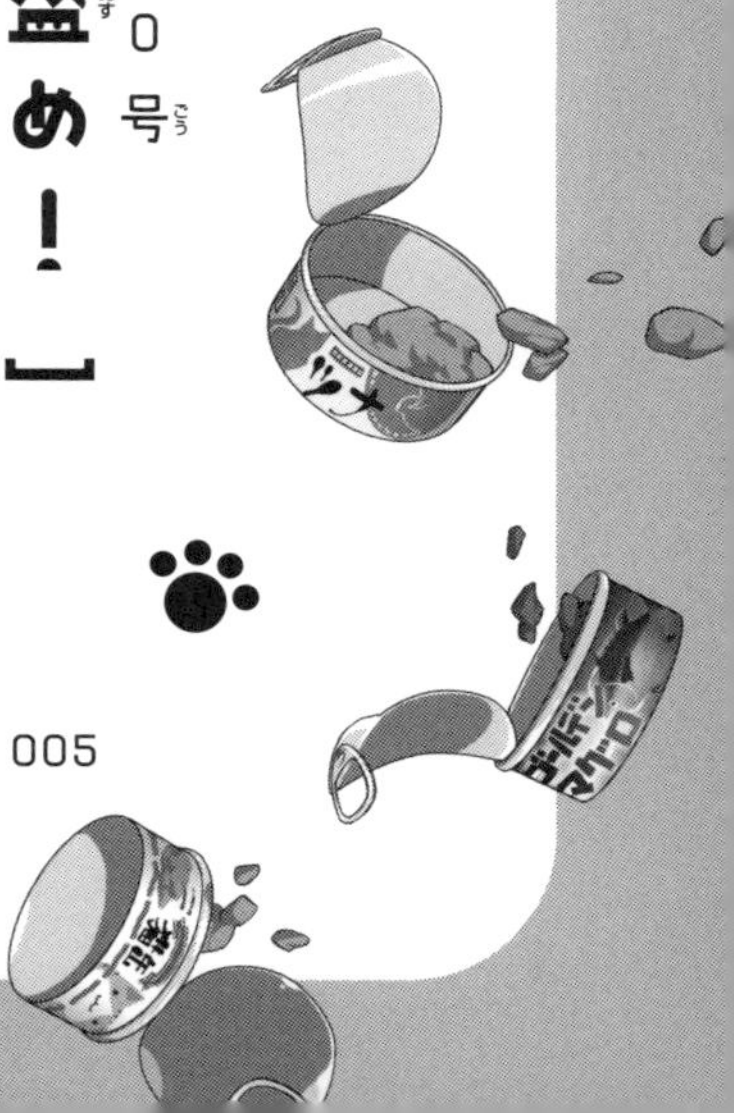

キャラクター紹《しょう》介《かい》

キャット

天才発明家《てんさいはつめいか》と名乗《なの》る猫《ねこ》。
肉球《にくきゅう》で発明《はつめい》がしづらいから、
助手《じょしゅ》を探《さが》しているというが…。
好《す》きなものは、
日本《にほん》のネコ缶《かん》!

二《に》子《こ》玉《たま》川《がわ》巧《たくみ》

母《はは》と姉《あね》の3人《にん》暮《く》らしで、
家《いえ》は夕暮《ゆうく》れ商店街《しょうてんがい》で
喫茶店《きっさてん》をしている。
とってもツイていない男《おとこ》の子《こ》。
ニコと呼《よ》ばれている。

銀《ぎん》河《が》 慧《けい》

ニコのクラスメイトで親友《しんゆう》。
スポーツ万能《ばんのう》で、
男女《だんじょ》から人気《にんき》がある。

埋《うもれ》火《び》梨《り》花《か》

クラスの学級委員《がっきゅういいん》。
かなり真面目《まじめ》で強《つよ》い女《おんな》の子《こ》。
ニコに興味《きょうみ》がある…?

ドクターK9《ケイナイン》

慧《けい》のお父《とう》さん。
相当困《そうとうこま》った大人《おとな》で発明家《はつめいか》。
キャットに張《は》り合《あ》う。

発明《はつめい》ナンバー

0号《ごう》

invention no.0

「発《はつ》明《めい》を盗《ぬす》め！」

「ニコ君《くん》、ニコ君《くん》、今朝《けさ》の発明《はつめい》はすごいよ〜」

白衣《はくい》を着《き》た茶《ちゃ》トラの猫《ねこ》が、二子玉川巧《にこたまがわたくみ》に向《む》かってニマ〜と笑《わら》いかけた。

ニコというのは、巧《たくみ》のあだ名《な》。

夕暮町《ゆうぐれちょう》の誰《だれ》もが認《みと》めることだけど、ニコはたぶん、日本一《にほんいち》ツイていない小学《しょうがく》6年生《ねんせい》だ。

たとえば、どんなにツイていないかといえば——。

① 図書館《としょかん》で本《ほん》を借《か》りようとすると、必《かなら》ず貸《か》し出《だ》し中《ちゅう》。

② 目覚《めざ》まし時計《どけい》がちゃんと時間通《じかんどお》りに鳴《な》るのは、日曜《にちよう》の朝《あさ》だけ。

③ クラスのサッカーでは得点王《とくてんおう》。ただし、全部《ぜんぶ》オウン・ゴール。

④ 家族《かぞく》で旅行《りょこう》に行《い》く予定《よてい》を立《た》てると、台風《たいふう》か大雪《おおゆき》が来《く》る。

⑤ 理科《りか》の実験《じっけん》をすると、必《かなら》ず何《なに》かが爆発《ばくはつ》する。

⑥ 学校以外《がっこういがい》でも爆発《ばくはつ》する。

こんな日《ひ》が1年《ねん》365日《にち》続《つづ》く。

それが二子玉川巧《にこたまがわたくみ》、ニコなのだ。

そして——。

ニコが今《いま》いるのは、猫《ねこ》の頭《あたま》のような形《かたち》をした『**キャット&《アンド》ニコ発明研究所《はつめいけんきゅうじょ》**』の中《なか》、1階《かい》のリビングルーム。

目《め》の前《まえ》にいる白衣《はくい》を着《き》た怪《あや》しい猫《ねこ》は、この研究所《けんきゅうじょ》の所長《しょちょう》、謎《なぞ》の天才発明家《てんさいはつめいか》キャットである。

キャットはある日突然《ひとつぜん》、夕暮町《ゆうぐれちょう》にやってきて、雑草《ざっそう》が伸《の》び放題《ほうだい》の空《あ》き地《ち》にへんてこな研究所《けんきゅうじょ》を出現《しゅつげん》させたのだ。

キャットの目的《もくてき》は、世界一《せかいいち》おいしいといわれている日本《にほん》のネコ缶《かん》を味《あじ》わいつくすこと。

だからネコ缶《かん》を手《て》に入《い》れるために、売《う》れそうな発明《はつめい》を考《かんが》える毎日《まいにち》なのだ。

でも――。

キャットの発明《はつめい》はといえば、ロボットやタイムマシン、猫型戦車《ねこがたせんしゃ》に瞬間移動装置《しゅんかんいどうそうち》など。

すばらしそうに見《み》えるけど、実際《じっさい》に動《うご》かしてみるととんでもない大失敗作《だいしっぱいさく》ばかりだ。

ニコはツイていない自分《じぶん》を幸運《こううん》にしてくれる**『ラッキー・マシン』**を作《つく》ってもらうため、キャットの助手《じょしゅ》になったのだが……。

「あのな、僕《ぼく》はこれから学校《がっこう》に――」

さすがに、こんな時間《じかん》からキャットの相手《あいて》をしていたら、間違《まちが》いなく遅刻《ちこく》である。

ニコはクルリと背《せ》を向《む》け、出《で》ていこうとする。

だいたい今朝《けさ》は、研究所《けんきゅうじょ》に来《く》る予定《よてい》なんかなかった。

でも、通学路《つうがくろ》でいきなり巨大《きょだい》な白《しろ》いグローブにつかまれ、強引《ごういん》に研究所《けんきゅうじょ》に引《ひ》っ張《ぱ》り込《こ》まれたのだ。

「まあまあ～。この発明《はつめい》は、ニコ君《くん》だって気《き》に入《い》ること間違《まちが》いなしだよ」

キャットは自信《じしん》たっぷりの顔《かお》つきで、爪《つめ》をニコの上着《うわぎ》の袖《そで》に食《く》い込《こ》ませた。

「本当《ほんとう》だろうな？」

ニコは疑《うたが》いの目《め》を向《む》ける。

「ネコ缶《かん》ゴールデンマグロ味《あじ》を2個《こ》、懸《か》けてもいいです」

ネコ缶《かん》という言葉《ことば》を口《くち》にしただけで、キャットはよだれを垂《た》らしそうになった。

「……命《いのち》の危険《きけん》は？」

ニコはあくまでも用心深《ようじんぶか》い。何度《なんど》も実験台《じっけんだい》にされ、生《い》きているのが不思議《ふしぎ》なくらいにひどい目《め》にあっているからだ。

「ほとんどありま——いえ、ちょっとしかありません、たぶん10パーセント……じゃなくて20……せいぜい、50パーセント？　または75——」

「不安《ふあん》になること言《い》うんじゃない！」

ニコは途中《とちゅう》でさえぎった。

「世《よ》の中《なか》には知《し》らなくていいことがあるんです、いろいろと」

キャットは前足《まえあし》を背中《せなか》で組《く》んで、視線《しせん》をそらす。

「で、どんな発明《はつめい》だよ？」

ニコは落《お》ち着《つ》こうとソファーに腰《こし》を下《お》ろし、深呼吸《しんこきゅう》してから尋《たず》ねてみる。

「よくぞ聞《き》いてくれました！　天才《てんさい》キャットの新発明《しんはつめい》、それは名《な》づけて――」

キャットはコホンと咳払《せきばら》いをすると、説明《せつめい》を始《はじ》めた。

「省《しょう》エネコンロ『**ガスいらず**』！　このコンロはガスも電気《でんき》も灯油《とうゆ》も使《つか》わずに調理《ちょうり》ができる、地球《ちきゅう》に優《やさ》しい大発明《だいはつめい》にゃんだよ！」

「へえ、キャットの発明《はつめい》にしてはまともだな」

ニコはつぶやく。

「では、ごらんあれ～」

キャットはコンロにしては少《すこ》し大《おお》きい機械《きかい》――なぜか下《した》にドリルがついている――を、ニコの目《め》の前《まえ》に差《さ》し出《だ》した。

「……これ、何《なん》だ？」

発明品《はつめいひん》を観察《かんさつ》したニコは、不安《ふあん》を覚《おぼ》えてドリルを指《ゆび》さす。

「いいところに気《き》がついたね！　まず、そのドリルが熱《ねつ》を探知《たんち》しながら地面《じめん》を掘《ほ》っていって、地下数十《ちかすうじっ》キロのところにあるマグマだまりにぶつかるでしょ？　でもって、湧《わ》き上《あ》がってくるマグマの熱《ねつ》で調理《ちょうり》するんだよ。火力《かりょく》を間違《まちが》えると、夕暮町《ゆうぐれちょう》が噴火《ふんか》して火山《かざん》になっちゃうかも知《し》れないけど」

「没《ぼっ》」

ニコは発明品処分《はつめいひんしょぶん》ケース——別名《べつめい》「ゴミ箱《ばこ》」——に放《ほう》り込《こ》んだ。

「にゃにゃにゃ〜っ！　何《なん》で〜⁉」

キャットの瞳《ひとみ》が糸《いと》のように細《ほそ》くなる。

「あのな！　目玉焼《めだまや》きひとつ作《つく》るのに町《まち》を滅《ほろ》ぼすかもって、あり得《え》ないだろ！」

「じゃあじゃあ、こっちの発明《はつめい》はどうです？　1匹《ぴき》見《み》つけたら20匹《ぴき》は潜《ひそ》んでるといわれる異星人《いせいじん》を捕《つか》まえる『**異星人《いせいじん》ホイホイ**』！　各家庭《かくかてい》にぜひおひとつ！」

キャットは段《だん》ボールで作《つく》った家《いえ》みたいなものを引《ひ》っ張《ぱ》ってきて、ニコの前《まえ》に置《お》く。

「各家庭《かくかてい》に異星人《いせいじん》はいない！」

ニコは首《くび》を横《よこ》に振《ふ》った。

「おにゃあ、知《し》らないの？　日本《にほん》は特《とく》に異星人《いせいじん》が多《おお》い国《くに》のはずなんだけど？」

キャットは前足《まえあし》でヒゲをなでる。

「どうせまた、適当《てきとう》言《い》ってるんだろ？」

ニコは相手《あいて》にしない。

キャットを別《べつ》にすれば、今《いま》まで異星人《いせいじん》なんて見《み》たことがないからだ。

「失礼《しつれい》にゃ助手君《じょしゅくん》だね。いい？　たとえば――」

キャットは研究所《けんきゅうじょ》のソファーに爪《つめ》を立《た》てて引《ひ》っ張《ぱ》った。

するとソファーの裏《うら》から、カサコソと黒《くろ》い生《い》き物《もの》が姿《すがた》を現《あらわ》した。

テラテラと鈍《にぶ》く光《ひか》る羽《はね》に、細《ほそ》い6本《ぽん》の脚《あし》。

キッチンなどでよく見《み》かけるアレだ。

「ほらね？　ここにも、昆虫型《こんちゅうがた》プロキシマ・ケンタウリb星人《ビーせいじん》」

キャットは前足《まえあし》で指《ゆび》さす。

「ホテルの予約《よやく》が取《と》れなかったって言《い》うから、昨日《きのう》の晩《ばん》、泊《と》めてあげたんだよ」

「いやいやいや、でかいゴキブリだろ⁉」

ニコは思《おも》わず壁際《かべぎわ》まで後《あと》ずさりしていた。

「違《ちが》いますよ。まあ、見《み》てて。ゴキブリとプロキシマ・ケンタウリb星人《ビーせいじん》を見分《みわ》けるいい方法《ほうほう》があるんです」

キャットは殺虫剤《さっちゅうざい》のスプレーを持《も》ってくると、その中身《なかみ》をプシュ～ッと異星人《いせいじん》（ゴキブリ？）に向《む》けて吹《ふ》きかけた。

「ごへごへごへっ！」

ゴキブリは後《うし》ろ脚《あし》で立《た》ち上《あ》がると、壁《かべ》に前脚《まえあし》をついて咳《せき》をし始《はじ》める。

「ほら、殺虫剤《さっちゅうざい》が効《き》きません」

「お前《まえ》な！　確《たし》かに効《き》かないけど、煙《けむ》いんだよ！　目《め》にしみるんだよ！」

ゴキブリ――ではなくプロキシマ・ケンタウリb星人《ビーせいじん》――は、小《ちい》さなハンカチで目《め》をふきながらキャットに文句《もんく》を言《い》った。

「あと、日本語《にほんご》がうまいところも、ゴキブリさんとは違《ちが》いますね」

キャットは説明《せつめい》を付《つ》け加《くわ》えた。

「いや、そこが一番大《いちばんおお》きな違《ちが》いだろ？」

ニコはプロキシマ・ケンタウリb星人《ビーせいじん》になじめそうもなかった。

「地球人《ちきゅうじん》ってのは失礼《しつれい》な連中《れんちゅう》だよなあ。俺《おれ》たちとそこいらの虫《むし》の区別《くべつ》がつかねえなんて」

プロキシマ・ケンタウリb星人《ビーせいじん》は、４本《ほん》の脚《あし》で腕組《うでぐ》みする。

「ところで、そろそろ学校始《がっこうはじ》まるんじゃない？」

キャットが壁《かべ》の時計《とけい》を指《ゆび》さした。

「……え？」

時計《とけい》の針《はり》は、８時《じ》26分《ぷん》を示《しめ》している。

「わ～っ！　また遅刻《ちこく》だ～！」

ニコはあわてて研究室《けんきゅうしつ》を飛《と》び出《だ》した。

「な、何《なん》とか」

始業《しぎょう》ベルが鳴《な》る直前《ちょくぜん》に、ニコはかろうじて教室《きょうしつ》にたどりついていた。

「二子玉川君《にこたまがわくん》、遅刻《ちこく》10秒前《びょうまえ》」

と、冷《つめ》たい声《こえ》が聞《き》こえる。

「あはは……」

ごまかし笑《わら》いを浮《う》かべて振《ふ》り返《かえ》ると、そこに立《た》っていたのは、きれいな長《なが》い黒髪《くろかみ》の、背《せ》が高《たか》い女《おんな》の子《こ》。名前《なまえ》は埋火梨花《うもれびりか》といい、クラス1の優等生《ゆうとうせい》で学級委員《がっきゅういいん》でもある。

「……どうして私《わたし》より先《さき》に出《で》て、遅刻《ちこく》しそうになるの？」

梨花《りか》はささやく。

「キャットのせいだって」

ニコも小声《こごえ》で答《こた》える。

「研究所《けんきゅうじょ》に寄《よ》ったら、また発明《はつめい》の手伝《てつだ》いをさせられて、その上《うえ》、プロキシマ――」

「通学途中《つうがくとちゅう》に研究所《けんきゅうじょ》に寄《よ》るのが悪《わる》いんでしょ？」

梨花《りか》はニコをさえぎり、眉《まゆ》をひそめてみせた。

「新《あたら》しい担任《たんにん》の先生《せんせい》が来《く》るのに、さっそく遅刻《ちこく》して目立《めだ》つつもり？」

（……うわ、すっかり忘《わす》れてた）

ニコはやっと思《おも》い出《だ》す。

先週《せんしゅう》、担任《たんにん》の先生《せんせい》が、急《きゅう》に実家《じっか》の弁当店《べんとうてん》を継《つ》ぐことになった。

そのため、新《あたら》しい担任《たんにん》の先生《せんせい》が、今日《きょう》から来《く》ることになっているのだ。

「けど、遅刻《ちこく》しなかったから別《べつ》に問題《もんだい》ない――」

と、ニコが梨花《りか》に言《い》い返《かえ》そうとしたその時《とき》。

教室《きょうしつ》の前《まえ》の扉《とびら》が開《あ》いた。

「ハ〜イ、エヴリワン！」

現《あらわ》れたのは、ブルーのスーツを着《き》た、銀髪《ぎんぱつ》に緑《みどり》の目《め》の女《おんな》の人《ひと》だった。

「今日《きょう》からあなたたちの担任《たんにん》にナリました！　ナスターシャ・ラスプーチンで〜す！」

先生《せんせい》は微笑《ほほえ》み、ちょっとぎこちない日本語《にほんご》で自己紹介《じこしょうかい》する。

「よっしゃあ！　美人《びじん》の先生《せんせい》だ！」

男《おとこ》の子《こ》たちが歓声《かんせい》を上《あ》げた。

「男子《だんし》って……」

女《おんな》の子《こ》たちは、そんな男子《だんし》を白《しろ》い目《め》で見《み》る。

「私《わたし》は担任《たんにん》になったばかりなので、分《わ》からないこともタクサンあるかも知《し》れませんが、ヨロシクお願《ねが》いします」

ナスターシャ先生《せんせい》がウインクしてみせると、みんなは――特《とく》に男子《だんし》が――拍手《はくしゅ》した。

「アリガト、みなさん。私《わたし》はみなさんと仲良《なかよ》くするために、さっそく今日《きょう》の放課後《ほうかご》から家《か》庭訪問《ていほうもん》を始《はじ》めようと思《おも》っていま〜す」

拍手《はくしゅ》が止《や》むと、ナスターシャ先生《せんせい》はクラスの名簿《めいぼ》を開《ひら》いた。

「そうデスね、今日《きょう》は16日《にち》ナノで――」

先生《せんせい》の視線《しせん》がニコに向《む》けられる。

「出席番号《しゅっせきばんごう》28番《ばん》、二子玉川君《にこたまがわくん》」

「って、16日《にち》と28番関係《ばんかんけい》ないでしょ⁉」

ニコは思《おも》わず、椅子《いす》をガタンと鳴《な》らして立《た》ち上《あ》がっていた。

「甘《あま》いですネ、二子玉川君《にこたまがわくん》」

ナスターシャ先生《せんせい》は、人差《ひとさ》し指《ゆび》を立《た》てて左右《さゆう》に振《ふ》る。

「16は、2×8！　だから28番《ばん》のあなたナノで〜す！」

「けど、そんな急《きゅう》に！」

「大丈夫《だいじょうぶ》デス、お家《うち》の方《かた》には私《わたし》から連絡《れんらく》しておきます」

ナスターシャ先生《せんせい》はニコの席《せき》の横《よこ》まで近《ちか》づいてくると、かがんでニコの顔《かお》をのぞき込《こ》む。

「ソレとも二子玉川君《にこたまがわくん》、先生《せんせい》の言《い》うコト、聞《き》けないんですか〜？　先生《せんせい》が嫌《きら》いデスか？」

「えっと、そうじゃないけど」

ニコはちょっとドキドキする。

何《なん》だか、梨花《りか》がすごく怖《こわ》い目《め》でこっちをにらんでいるような気《き》もするけれど。

「では、授業《じゅぎょう》が終《お》わったアト、おうちまで案内《あんない》をお願《ねが》いします」

（ツ、ツイてない！）

ニコは崩《くず》れ落《お》ちるように座《すわ》り込《こ》んだ。

「それでは、授業《じゅぎょう》を始《はじ》めマスよ」

ナスターシャ先生《せんせい》はクラスのみんなに微笑《ほほえ》みかけると、チョークを手《て》にするのだった。


「なあ、家庭訪問《かていほうもん》ってことは、今日《きょう》はサッカーの練習《れんしゅう》、出《で》られないんだろ？」

1時間目《じかんめ》が終《お》わると、親友《しんゆう》の銀河慧《ぎんがけい》がニコの席《せき》までやってきて尋《たず》ねた。

ニコと違《ちが》って、慧《けい》はスポーツ万能《ばんのう》。毎年《まいとし》バレンタインデーには、クラスの女《おんな》の子《こ》の半分《はんぶん》からチョコをもらうほどの人気者《にんきもの》だ。

「ん〜、たぶんそうなる」

ニコは次《つぎ》の時間《じかん》の教科書《きょうかしょ》を用意《ようい》しながら頷《うなず》いた。

いつもだとニコたちは、月曜《げつよう》の放課後《ほうかご》にサッカーの練習《れんしゅう》をすることになっている。

でも、今日《きょう》はそうもいかないようだ。

「まあ、ニコん家《ち》なら急《きゅう》に家庭訪問《かていほうもん》になっても平気《へいき》だろ？　うちと違《ちが》って」

確《たし》かに。

ニコの家《いえ》は『ラ・プティット・シャット』。夕暮《ゆうぐ》れ商店街《しょうてんがい》にあるコーヒー専門店《せんもんてん》で、定《てい》休日《きゅうび》以外《いがい》はずっと母《はは》が働《はたら》いている。先生《せんせい》が突然《とつぜん》やってきても、留守《るす》だということはない。

父《ちち》が死《し》んでから、ニコは母《はは》と高校生《こうこうせい》の姉《あね》の３人家族《にんかぞく》だった。

でも、この前《まえ》、姉《あね》がひとり増《ふ》えた。

キャットの発明《はつめい》で時間旅行《じかんりょこう》をくり返《かえ》した結果《けっか》、過去《かこ》が変化《へんか》して中学生《ちゅうがくせい》の姉《あね》ができたのだ。

それだけでも大変《たいへん》なのに、もうひとり女《おんな》の子《こ》が引《ひ》っ越《こ》してきたので、家族《かぞく》は計《けい》５人《にん》になっている。

その中《なか》で男《おとこ》はニコひとり。けっこう肩身《かたみ》がせまかった。

「うちなんか大変《たいへん》だぞ。美人《びじん》の先生《せんせい》が来《く》ることになったら、ぜ〜ったい親父《おやじ》がハシャぎまくるからな」

自分《じぶん》の父親《ちちおや》のことを思《おも》い浮《う》かべ、慧《けい》が愚痴《ぐち》をこぼしたところに。

「二子玉川君《にこたまがわくん》」

梨花《りか》がやってきてふたりの間《あいだ》に割《わ》り込《こ》んだ。

「銀河君《ぎんがくん》、ちょっと借《か》りるわね」

梨花《りか》がそう言《い》ってニコの腕《うで》をつかむと、そのまま廊下《ろうか》に連《つ》れ出《だ》す。

「……あのふたり。最近《さいきん》、仲《なか》いいよなあ？」

ほったらかしにされた慧《けい》は、ふたりの背中《せなか》を見送《みおく》りながらつぶやいた。

「で、どうするの？」

人気《ひとけ》のないところまで来《く》ると、梨花《りか》はニコにささやいた。

「どうするって、何《なに》が？」

ニコには質問《しつもん》の意味《いみ》がよく分《わ》からない。

「決《き》まっているでしょ？　私《わたし》たちが……その、一緒《いっしょ》に住《す》んでることよ。先生《せんせい》にはニコから話《はな》す？」

実《じつ》は。

この梨花《りか》こそが、ニコの家《いえ》に引《ひ》っ越《こ》してきた女《おんな》の子《こ》なのだ。

つい先日《せんじつ》のことだが、音楽家《おんがくか》である梨花《りか》の父《ちち》がニューヨークで働《はたら》くことになった。

その時《とき》、梨花《りか》がひとりで日本《にほん》に残《のこ》りたいと希望《きぼう》したため、梨花《りか》の父《ちち》の友人《ゆうじん》であるニコの母《はは》が、梨花《りか》を預《あず》かることを決《き》めたのである。

もちろん、このことはクラスのみんなには秘密《ひみつ》だ。

もしバレたら、からかわれるに決《き》まっているからだ。

ニコだって気《き》を遣《つか》っていて、一緒《いっしょ》に通学《つうがく》すると気《き》づかれてしまうので、今朝《けさ》も10分《ぷん》ほど先《さき》に家《いえ》を出《で》ているのだ。

「ああ、そのこと。別《べつ》にわざわざ言《い》わなくったって、担任《たんにん》なんだしもう知《し》ってるだろ？」

前《まえ》の担任《たんにん》には、梨花《りか》がラ・プティット・シャットに引《ひ》っ越《こ》したことは知《し》らせてあった。

ナスターシャ先生《せんせい》にも伝《つた》わっているはずだ、とニコは思《おも》う。

「でも、誤解《ごかい》されたくないじゃない？」

「誤解《ごかい》って？」

ニコは首《くび》をひねる。

「だからたとえば……もういい！」

梨花《りか》はプイッとニコに背《せ》を向《む》けて、教室《きょうしつ》に戻《もど》っていった。

そして放課後《ほうかご》。
「お待《ま》たせデス」
ニコが教室《きょうしつ》にひとりで残《のこ》っていると、白《しろ》いバッグを肩《かた》から提《さ》げたナスターシャ先生《せんせい》が入《はい》ってきた。
「さあ、行《い》きましょう」

先生《せんせい》はニコの手《て》を握《にぎ》った。

これはちょっとどころではなく恥《は》ずかしい。クラスの連中《れんちゅう》に見《み》られたら絶対《ぜったい》に冷《ひ》やかされるだろうし、梨花《りか》に目撃《もくげき》でもされたら最悪《さいあく》だ。

「あなたのおうちは、夕暮《ゆうぐ》れ商店街《しょうてんがい》の喫茶店《きっさてん》デスね？　確《たし》か名前《なまえ》はラ・プティット・シャット。フランス語《ご》で小猫《こねこ》の意味《いみ》だと聞《き》きました」

校門《こうもん》を出《で》て家《いえ》へと向《む》かう道《みち》で、ナスターシャ先生《せんせい》はニコに質問《しつもん》してきた。

「あ、はい」

「家《いえ》のお手伝《てつだ》いをしているそうですね？　コーヒーを淹《い》れたりもするのデスか？」

「ええっと、それは母《はは》と姉《あね》の仕事《しごと》で、僕《ぼく》は豆《まめ》のピッキングとか」

学校前《がっこうまえ》の横断歩道《おうだんほどう》を渡《わた》りながら、ニコは説明《せつめい》する。

ピッキングというのは、仕入《しい》れたコーヒー豆《まめ》の中《なか》から質《しつ》の悪《わる》い豆《まめ》を取《と》り除《のぞ》くこと。おいしいコーヒーを淹《い》れるためには欠《か》かせない作業《さぎょう》で、ピッキングが得意《とくい》なことはニコの自慢《じまん》のひとつである。

「そうデスか。……話《はなし》は変《か》わりマスが」

ナスターシャ先生《せんせい》は頷《うなず》き、それからひと呼吸《こきゅう》おいて思《おも》わせぶりな笑《え》みを浮《う》かべると——。

「学級委員《がっきゅういいん》の埋火梨花《うもれびりか》さん。あなたと一緒《いっしょ》に暮《く》らしていますね？」

と、切《き》り出《だ》した。

「せ、先生《せんせい》！　埋火《うもれび》はたまたま、親同士《おやどうし》が知《し》り合《あ》いだったから下宿《げしゅく》しているだけで！」

いきなりなので、ニコはあわてた。

「もちろん、知《し》っていますヨ。あなたのお母《かあ》さんが、埋火《うもれび》さんの保護者《ほごしゃ》になっているシヨ？」

先生《せんせい》はからかうようにウインクした。

「ついデに、埋火《うもれび》さんの家庭訪問《かていほうもん》も一緒《いっしょ》にしましょうか？」

「そ、それはどうかな？」

ニコは別《べつ》に構《かま》わないが、休《やす》み時間《じかん》の様子《ようす》からすると梨花《りか》は嫌《いや》がりそうである。

「と、その前《まえ》に——ここに寄《よ》りまショ〜」

ナスターシャ先生《せんせい》はふと足《あし》を止《と》め、右《みぎ》に曲《ま》がって空《あ》き地《ち》に入《はい》った。

空《あ》き地《ち》の真《ま》ん中《なか》にあるのが、キャット&《アンド》ニコ発明研究所《はつめいけんきゅうじょ》だ。

「って、発明研究所《はつめいけんきゅうじょ》？」

ニコは目《め》を丸《まる》くする。

ナスターシャ先生《せんせい》が研究所《けんきゅうじょ》のことまで知《し》っているとは、思《おも》ってもいなかったからだ。

「はい、キャットの研究所《けんきゅうじょ》デスよ。助手《じょしゅ》の二子玉川君《にこたまがわくん》」

ナスターシャ先生《せんせい》はニコの手《て》をつかんだまま進《すす》み、正面扉《しょうめんとびら》の前《まえ》に立《た》った。

扉《とびら》に設置《せっち》されたカメラがニコの姿《すがた》を確認《かくにん》し、スッと開《あ》く。

「やっぱり。あなたがいれば扉《とびら》が開《あ》くのね。これでもう用《よう》はないわ」

研究所《けんきゅうじょ》の中《なか》に入《はい》ると、ナスターシャ先生《せんせい》はニコから手《て》を離《はな》した。

「どういうこと？」

ニコはナスターシャ先生《せんせい》を見《み》つめる。

「ここの安全対策《セキュリティ》はとてもきびしくて、関係者以外《かんけいしゃいがい》は入《はい》ることができないようになっていたの。だから、キャットの助手《じょしゅ》である二子玉川君《にこたまがわくん》、君《きみ》が必要《ひつよう》だったのよ」

ナスターシャ先生《せんせい》は口元《くちもと》に冷《つめ》たい笑《え》みを浮《う》かべ、怪《あや》しいサングラスをかけた。

「狙《ねら》いはキャットの発明《はつめい》か？　僕《ぼく》を利用《りよう》したわけ？」

ニコは尋《たず》ねる。

「正解《せいかい》、よくできました」

ナスターシャ先生《せんせい》は口元《くちもと》に笑《え》みを浮《う》かべた。

「キャットの助手《じょしゅ》をするだけあって頭《あたま》は悪《わる》くないようね。わざわざ先生《せんせい》になって学校《がっこう》に入《はい》り込《こ》んだのは、無駄《むだ》じゃなかったわ」

「変《か》わってるね。わざわざこんな手間《てま》をかけてまで、キャットの珍発明《ちんはつめい》が欲《ほ》しいなんて」

「あら、あなたがキャットと呼《よ》んでいる地球外知的生命体《ちきゅうがいちてきせいめいたい》の発明《はつめい》は、人間《にんげん》の技術《ぎじゅつ》よりもはるかに進《すす》んでいる。それは知《し》っているわよね？　キャットは世界《せかい》を支配《しはい》することも、地球《ちきゅう》を滅《ほろ》ぼすこともできる発明品《はつめいひん》を作《つく》れるの」

そう説明《せつめい》するナスターシャ先生《せんせい》は、たどたどしい言葉遣《ことばづか》いをやめていた。

「そんな発明《はつめい》が手《て》に入《はい》れば、我《わ》が国《くに》は世界《せかい》の支配者《しはいしゃ》になれる！」

ナスターシャ先生《せんせい》の高笑《たかわら》いが研究所《けんきゅうじょ》の中《なか》に響《ひび》きわたる。

「そんなことさせない！　先生《せんせい》がどこから来《き》たかは知《し》らないけど、キャットの発明《はつめい》を悪用《あくよう》させてたまるもんか！」

と、ニコがナスターシャ先生《せんせい》に向《む》かって宣言《せんげん》したその時《とき》。

「ふにゃ〜、このところ寝不足《ねぶそく》ですかねえ？　ちょっとひと休《やす》みのつもりが、こんな時間《じかん》になってしまいました」

エレベーターの扉《とびら》が開《あ》いて、目覚《めざ》まし時計《どけい》を手《て》にしたキャットが2階《かい》から下《お》りてきた。

「……って、ニコ君《くん》、お客《きゃく》さんですか？」

眠《ねむ》そうな目《め》をこすりながらナスターシャ先生《せんせい》を見《み》たキャットは、のんきに尋《たず》ねる。

「違《ちが》う！　こいつ、発明品《はつめいひん》を狙《ねら》ってるんだ！」

と、ニコが警告《けいこく》を発《はっ》した次《つぎ》の瞬間《しゅんかん》。

「無駄《むだ》よ！　キャットを捕《つか》まえる方法《ほうほう》は、研究済《けんきゅうず》みだもの！」

ナスターシャ先生《せんせい》はバッグから折《お》りたたんだ段《だん》ボール箱《ばこ》を取《と》り出《だ》すと、素早《すばや》く組《く》み立《た》ててポイッと投《な》げる。

「は、箱《はこ》にゃ！」

キャットは段《だん》ボール箱《ばこ》を目《め》にした瞬間《しゅんかん》、その中《なか》に飛《と》び込《こ》んでいた。

「ハァイ」

ナスターシャ先生《せんせい》は箱《はこ》を拾《ひろ》い上《あ》げると、中《なか》のキャットに向《む》かってウインクする。

「にゃっ！　ニャンコの本能《ほんのう》を利用《りよう》した、巧妙《こうみょう》な罠《わな》に引《ひ》っかかってしまいました！」

キャットは涙目《なみだめ》でニコに訴《うった》えた。

「普通《ふつう》の猫《ねこ》か～っ！　お前《まえ》、いちおう地球外知的生命体《ちきゅうがいちてきせいめいたい》だろ⁉」

ニコは思《おも》わず頭《あたま》を抱《かか》える。

「さあ、出《で》ていらっしゃい」

ナスターシャ先生《せんせい》はチチチッと舌《した》を鳴《な》らし、段《だん》ボール箱《ばこ》の中《なか》のキャットを抱《だ》き上《あ》げた。

「キャットこと、地球外知的生命体《ちきゅうがいちてきせいめいたい》２８２８号《ごう》ちゃん。あなたの発明《はつめい》を見《み》せてもらいましようか？」

「……ネコ缶買《かんか》ってくれる？」

抱《だ》っこされたまま、キャットはナスターシャ先生《せんせい》に尋《たず》ねる。

「キャット、そいつはお前《まえ》の発明《はつめい》を悪用《あくよう》する気《き》なんだぞ！」

ニコはナスターシャ先生《せんせい》に飛《と》びかかり、キャットを取《と》り返《かえ》そうとしたが、先生《せんせい》はヒラリとニコの手《て》をかわした。

「無駄《むだ》よ、二子玉川君《にこたまがわくん》。私《わたし》は訓練《くんれん》を受《う》けたスパイなの」

ナスターシャ先生《せんせい》は余裕《よゆう》の笑《え》みを浮《う》かべ、キャットの頭《あたま》をなでた。

「さあ、キャット。ネコ缶《かん》だったら、いくらでも買《か》ってあげるわよ」

「ほんと～？」

キャットはゴロゴロとのどを鳴《な》らすと、白衣《はくい》のポケットからTV《テレビ》のリモコンのような物《もの》を取《と》り出《だ》した。

実《じつ》は、このリモコンは発明品《はつめいひん》のひとつ『**リモコン便《びん》**』。TV《テレビ》のリモコンとしても使《つか》えるけれど、ボタンを押《お》すと地下《ちか》の倉庫《そうこ》から一瞬《いっしゅん》で発明品《はつめいひん》を移動《いどう》させることができる装置《そうち》なのだ。

「それ、ピ、ポ、パ、ピ、ピ、パ！」

キャットはリモコン便《びん》に番号《ばんごう》を打《う》ち込《こ》んだ。

すると――。

ポンッという音《おと》とともに、床《ゆか》の上《うえ》に身長《しんちょう》3メートルほどのロボットが現《あらわ》れた。

「開《あ》ケマスゾ～」

ロボットはテーブルの上《うえ》に置《お》いてあったネコ缶《かん》、舌平目《したびらめ》のムニエル味《あじ》をつかむと、するどい指先《ゆびさき》を使《つか》ってパカッとふたを開《あ》けた。

「見《み》てください！　これこそ、ご家庭用缶詰開《かていようかんづめあ》けロボット『**グレート・パッカーンZ**《ゼット》』！　どんなネコ缶《かん》も、ほんの数秒《すうびょう》でこの通《とお》り！」

「普通《ふつう》にタブを引《ひ》っ張《ぱ》って開《あ》けろよ！」

キャットが捕《つか》まっていることを一瞬忘《いっしゅんわす》れ、ニコは突《つ》っ込《こ》んでしまう。

だが、ナスターシャ先生《せんせい》はウットリとした目《め》でロボットを見上《みあ》げた。

「これは使《つか》えるわ！　このロボットをたくさん作《つく》って敵国《てきこく》に送《おく》り込《こ》み、貯蔵《ちょぞう》されている缶《かん》詰《づめ》をすべて開《あ》けて、中身《なかみ》を腐《くさ》らせる！　そうすれば敵国《てきこく》は非常時《ひじょうじ》の食料《しょくりょう》を失《うしな》って、我《わ》が国《くに》が攻《せ》め込《こ》んでも空腹《くうふく》で戦《たたか》えないのよ！」

「気《き》に入《い》ってもらってにゃによりです。では、お次《つぎ》～」

キャットはヒクヒクとヒゲを動《うご》かすと、またリモコン便《びん》のボタンを押《お》した。

もう一度《いちど》ポンッという音《おと》がして、今度《こんど》は別《べつ》の発明品《はつめいひん》が現《あらわ》れる。

さっきのロボットよりも、さらにひと回《まわ》り大《おお》きなメカだ。

「これはカップラーメンお湯《ゆ》入《い》れマシン『**熱湯兼六園**《ねっとうけんろくえん》』！　普通《ふつう》ならお湯《ゆ》を入《い》れて3分《ぷん》で完成《かんせい》のカップラーメンが、このメカを使《つか》えば2分《ふん》45秒《びょう》で完成《かんせい》するという優《すぐ》れもの！」

「たった15秒節約《びょうせつやく》するために、このデカいロボットを置《お》くご家庭《かてい》がどこにある〜っ！」

ニコはまたも突《つ》っ込《こ》んでしまった。

だが。

「確《たし》かにすごいわ！　1台《だい》で15秒節約《びょうせつやく》なら、2台《だい》で30秒《びょう》！　12台《だい》あれば0秒《びょう》よ！　つまり、我《わ》が国民《こくみん》はぜんぜん待《ま》たずにカップラーメンが食《た》べられるようになり、食料問題《しょくりょうもんだい》も解決《かいけつ》！これが手《て》に入《はい》れば、我《わ》が国《くに》が世界《せかい》を支配《しはい》する日《ひ》も遠《とお》くないわね！」

ナスターシャ先生《せんせい》は絶賛《ぜっさん》した。

「……先生《せんせい》、その計算《けいさん》、どっか変《へん》でしょ？」

ニコはだんだん、ナスターシャ先生《せんせい》が大《たい》したスパイじゃないような気《き》がしてきた。

「続《つづ》いて、第《だい》3弾《だん》！」

キャットがさらにボタンを押《お》すと、今度《こんど》はネックレスが現《あらわ》れた。

「これは隙間通《すきまとお》り抜《ぬ》け装置《そうち》『**スルット2D**《ツーディー》』！　このネックレスをかけると体《からだ》が影《かげ》みたい

になり、どんなに細《ほそ》い隙間《すきま》でも通《とお》り抜《ぬ》けられちゃうという便利《べんり》なアイテムです！」

「それよ、それ！　そのネックレスさえあれば、我《わ》が国《くに》のスパイはアメリカ大統領《だいとうりょう》が住《す》むホワイトハウスにだって入《はい》り込《こ》めるわ！」

ナスターシャ先生《せんせい》は、またも歓声《かんせい》を上《あ》げる。

「……重《おも》さが120キロあって、首《くび》にかけると動《うご》けなくなるのが欠点《けってん》ですが」

キャットは小《ちい》さな声《こえ》で説明《せつめい》をつけ加《くわ》えたが、どうやらナスターシャ先生《せんせい》の耳《みみ》には届《とど》かなかったようである。

「すばらしいわ！　こんな発明《はつめい》を持《も》ち帰《かえ》れば、私《わたし》は国家《こっか》の英雄《えいゆう》よ！」

「それで、ネコ缶《かん》は？」

キャットはよだれをすすりながら、ナスターシャ先生《せんせい》に聞《き》いた。

「そうね。約束《やくそく》だからあげるわ」

ナスターシャ先生《せんせい》はキャットを床《ゆか》に降《お》ろし、バッグからネコ缶《かん》を取《と》り出《だ》して手渡《てわた》す。

「我《わ》が国自慢《くにじまん》、トロイカ印《じるし》のネコ缶《かん》ボルシチ味《あじ》よ」

「わ〜い」

キャットはご家庭用缶詰開《かていようかんづめあ》けロボットに缶《かん》を開《あ》けさせると、缶《かん》に顔《かお》を突《つ》っ込《こ》むようにして食《た》べ始《はじ》めた。

「決《き》めたわ。最初《さいしょ》はキャットと発明品《はつめいひん》をいくつか持《も》ち帰《かえ》ればいいと思《おも》っていたけど、この研究所《けんきゅうじょ》ごといただくことにするわ。キャットちゃん、この研究所《けんきゅうじょ》は飛《と》ばせるんでしょ？すぐに飛《と》ばして、私《わたし》の祖国《そこく》まで」

しかし――。

「嫌《いや》ですよ」

キャットは口《くち》のまわりの食《た》べかすをぬぐいながら、首《くび》を横《よこ》に振《ふ》った。

「私《わたし》はどこにも行《い》きませんし、発明《はつめい》も渡《わた》しませんよ」

「ちょっと！　ネコ缶《かん》あげたでしょ!?」

「見《み》せるって約束《やくそく》はしたけど、渡《わた》すなんて言《い》ってないよ」

キャットは空《あ》き缶《かん》をポイッと床《ゆか》に捨《す》てる。

「それにこのネコ缶《かん》、あんまりおいしくなかったし」

空《あ》き缶《かん》はニコの足元《あしもと》まで転《ころ》がった。

「こ、この悪党猫《あくとうねこ》！」

ナスターシャ先生《せんせい》は、ムギュッとキャットの首根《くびね》っこをつかんでいた。

「スパイに言《い》われたくありません」

首《くび》をつかまれ、宙《ちゅう》づりになったまま、キャットはあっかんベ〜をする。

「こ、こいつらは……」

ニコは正直《しょうじき》、どっちもどっちだという気《き》になってきた。

とはいえ、発明《はつめい》を悪用《あくよう》させる訳《わけ》にはいかない。

「そんなことさせるか！」

ニコはナスターシャ先生《せんせい》に向《む》かって、空《あ》き缶《かん》を蹴《け》った。

「あらら、駄目《だめ》よ。先生《せんせい》に逆《さか》らっては」

もちろん、ナスターシャ先生《せんせい》はこれを簡単《かんたん》に避《よ》けてみせる。

「……キャット。あなたには決《けっ》して抜《ぬ》け出《だ》せない収容所《しゅうようじょ》、じゃなかった、研究所《けんきゅうじょ》を用意《ようい》してあげるわ。おとなしく私《わたし》と一緒《いっしょ》にいらっしゃい」

ナスターシャ先生《せんせい》はキャットの耳元《みみもと》にささやく。

「にゃにゃにゃっ、ニコ君《くん》！　ピンチです！　さらわれちゃいますよ！」

キャットは後《うし》ろ足《あし》を振《ふ》り回《まわ》すが、ナスターシャ先生《せんせい》は手《て》を離《はな》さない。

それどころか、バッグから銃《じゅう》のようなものを持《も》ち出《だ》してニコに向《む》けた。

「さて、二子玉川君《にこたまがわくん》。あなたはおとなしくここから出《で》ていって。そうすれば怪我《けが》はさせないわ、先生《せんせい》、約束《やくそく》する」

「教《おし》え子《ご》に銃《じゅう》を向《む》ける先生《せんせい》がいるか？」

ニコはナスターシャ先生《せんせい》をにらみ返《かえ》した。

「お助《たす》け〜」

キャットが情《なさ》けない声《こえ》を上《あ》げる。

「こういう時《とき》こそ発明《はつめい》だろ!?　何《なに》か使《つか》えそうな発明《はつめい》はないのか!?」

ニコはキャットに向《む》かって叫《さけ》んだ。

「もちろん、こんなこともあろうかと――」

キャットはそう答《こた》えかけて、ペロッと舌《した》を出《だ》した。

「すぐには思《おも》いつきません。思《おも》い出《だ》すまでちょっと待《ま》ってね」

「ああ、もう！　しょうがないな！　こうなったら！」

ニコはリモコン便《びん》を取《と》り出《だ》した。

「い、いつの間《ま》にそれを⁉」

キャットが握《にぎ》っていたはずのリモコン便《びん》がニコの手元《てもと》にあるのを見《み》て、ナスターシャ先《せん》生《せい》の顔《かお》が険《けわ》しくなった。

実《じつ》は——。

ニコがさっき空《あ》き缶《かん》を蹴《け》ったのは、ナスターシャ先生《せんせい》に当《あ》てるためではなかった。ナスターシャ先生《せんせい》が空《あ》き缶《かん》に気《き》を取《と》られている隙《すき》に、キャットがリモコン便《びん》をニコに投《な》げ、ニコがポケットに隠《かく》しておいたのだ。

ただ、どのボタンで何《なに》が出《で》てくるのか、ニコは知《し》らない。

「何《なに》か出《で》てこい！」

ニコはボタンを適当《てきとう》に押《お》した。

すると。

和服《わふく》を着《き》たオカッパ頭《あたま》の女《おんな》の子《こ》——たぶんロボット——が、チョコンと正座《せいざ》で現《あらわ》れた。

「ただの人形《にんぎょう》じゃない？」

ナスターシャ先生《せんせい》は、驚《おどろ》いて損《そん》をした、というようにフンと鼻《はな》を鳴《な》らした。

「おにゃ、それは怪談語《かいだんかた》り部《べ》ロボ**『童子《わらし》ちゃん』**！」

キャットはロボットを見《み》ると、ちょっと困《こま》ったような顔《かお》になる。

「怪談語《かいだんかた》り部《べ》って⁉　何《なん》でそんなもの作《つく》ったんだよ？」

「夏《なつ》の商店街《しょうてんがい》のイベントで使《つか》えないかな〜って」

「怪談《かいだん》を話《はな》すロボット⁉　そんなの、いらないわ！」

ナスターシャ先生《せんせい》は、人形《にんぎょう》を乱暴《らんぼう》に蹴《け》とばした。

すると。

「ケタケタケタケタケタケタケタケタケタ、聞《き》いてけろ〜！」

人形《にんぎょう》はちょこんと起《お》き上《あ》がると、笑《わら》いながらナスターシャ先生《せんせい》に迫《せま》った。

「嫌《いや》よ！　気持《きも》ち悪《わる》いわね！」

ナスターシャ先生《せんせい》はもう一度《いちど》蹴《け》とばした。

「悪《わり》い子《ご》はこうだ《こだ》！」

童子《わらし》ちゃんは、カポッとナスターシャ先生《せんせい》の手首《てくび》に噛《か》みついた。

「ひいいいいいいい～っ！」

ナスターシャ先生《せんせい》は悲鳴《ひめい》を上《あ》げてキャットを放《ほう》り出《だ》そうとしたが、童子《わらし》ちゃんは離《はな》れない。

「無駄《むだ》ですよ～。自分《じぶん》で作《つく》っといて何《なん》ですが、童子《わらし》ちゃんはしつこい性格《せいかく》なんです」

目《め》を細《ほそ》めて笑《わら》うキャット。

「こんの化《ば》け猫《ねこ》、こんな可愛《めんこ》い童子《わらし》っ子《こ》にむがって、しつごいとはなんだ。おれをもっとほめねがいか？」

童子《わらし》ちゃんは先生《せんせい》に噛《か》みついたまま、怪《あや》しい岩手弁《いわてべん》で器用《きよう》にしゃべった。

「むむにゃ～っ、化《ば》け猫《ねこ》とは何《なん》です！　分解《ぶんかい》して歯車《はぐるま》にしちゃいますよ！」

「……そんなこと《ほだごど》したら、たたるべ」

童子《わらし》ちゃんは、ギロッとにらんだ。目《め》が真《ま》っ赤《か》になって、けっこう怖《こわ》い。

（座敷童子《ざしきわらし》といえば幸運《こううん》をもたらしてくれる妖怪《ようかい》だけど、この童子《わらし》ちゃんはどっちかっていうと不幸《ふこう》を呼《よ》びそうな感《かん》じが――）

正直《しょうじき》、あまり関《かか》わりたくないなあ、とニコは思《おも》う。

「キャット！　このロボットを何《なん》とかしなさい！　でないと研究所《けんきゅうじょ》を吹《ふ》っ飛《と》ばすわよ！」

ナスターシャ先生《せんせい》は銃《じゅう》を捨《す》てると、今度《こんど》はバッグから黒《くろ》い小《ち》さな装置《そうち》を取《と》り出《だ》した。その装置《そうち》にはボタンがひとつついていて、先生《せんせい》の指《ゆび》はそのボタンにかかっている。

「にゃにゃっ！　それはもしかすると爆弾《ばくだん》のスイッチ!?」

キャットは全身《ぜんしん》の毛《け》を逆立《さかだ》てた。

「その通《とお》り！　こんなこともあろうかと、今朝《けさ》この研究所《けんきゅうじょ》のまわりに仕掛《しか》けておいたの！」

ナスターシャ先生《せんせい》は勝《か》ち誇《ほこ》る。

だが、この時《とき》。

「ニコ君《くん》、28228番《ばん》を！」

キャットがやっと使《つか》えそうな発明《はつめい》を思《おも》い出《だ》した。

「28228だな！」

ニコはリモコン便《びん》のボタンを素早《すばや》く押《お》す。

するとと今度《こんど》は――。

「何《なん》だ、これ？」

ニコの手《て》の中《なか》に、銃《じゅう》の形《かたち》をしたものが現《あらわ》れた。

「『**ニャルサーP《ピー》28**』！　私《わたし》の自慢《じまん》の発明品《はつめいひん》のひとつだよ！」

「待《ま》て待《ま》て待《ま》て！　銃《じゅう》だろ！　当《あ》たったら危《あぶ》ないだろ！」

「大丈夫《だいじょうぶ》！　ニャルサーから放《はな》たれた銃弾《じゅうだん》は狙《ねら》ったものを絶対《ぜったい》に外《はず》しません！　ニコ君《くん》、あのスイッチを！」

「そういうことなら！」

ニコは爆破《ばくは》スイッチに狙《ねら》いをつけた。

「二子玉川君《にこたまがわくん》、目上《めうえ》の人《ひと》に銃《じゅう》を向《む》けたら駄目《だめ》でしょ！　私《わたし》はあなたをそんな子《こ》に育《そだ》てた覚《おぼ》えはないわよ！」

いろいろ言《い》い返《かえ》したいが、今《いま》は無視《むし》。

ニコは引《ひ》き金《がね》を引《ひ》いた。

バスンという音《おと》がして、銃口《じゅうこう》から弾《たま》が飛《と》び出《だ》す。

「この銃《じゅう》から放《はな》たれた弾《たま》は、決《けっ》して的《まと》を外《はず》さにゃいんですよ！　まあ、ただ――」

キャットが誇《ほこ》らしげに解説《かいせつ》した。

「小型《こがた》のコンピュータとか、追跡装置《ついせきそうち》とかを積《つ》んでるんで、ものすごく遅《おそ》いですけど」

ニャルサーP《ピー》28から放《はな》たれた銃弾《じゅうだん》は、ユルユルと飛《と》んでナスターシャ先生《せんせい》の手《て》の中《なか》の爆《ばく》破《は》スイッチに向《む》かって飛《と》ぶ。

「当《あ》てさせるもんですか！」

ナスターシャ先生《せんせい》は、爆破《ばくは》スイッチを握《にぎ》ったまま逃《に》げ回《まわ》った。

ニャルサーP《ピー》28の銃弾《じゅうだん》は、その先生《せんせい》を同《おな》じぐらいのスピードで追《お》いかける。

「ケタケタケタケタケタケタケタケタケタケタケタ〜！」

で、先生《せんせい》の手首《てくび》には、童子《わらし》ちゃんが噛《か》みついたままだ。

「……騒々《そうぞう》しいな」

「スパイの人《ひと》が疲《つか》れるまで、しばらく放《ほう》っておきましょうか？」

ニコとキャットは顔《かお》を見合《みあ》わせる。

と、そこに。

「おいおい、ちったぁ静《しず》かにしてくれよ！　俺《おれ》っちは時差《じさ》ボケで頭《あたま》が痛《いて》えんだよ！」

ソファーの下《した》から、プロキシマ・ケンタウリb星人《ビーせいじん》が這《は》い出《で》てきた。

「ゴキブリっ子《こ》だぁ～、ゴキブリっ子《こ》！」

プロキシマ・ケンタウリb星人《ビーせいじん》を指《ゆび》さして、童子《わらし》ちゃんがはしゃぐ。

「だから、俺《おれ》はゴキブリじゃねえ！」

プロキシマ・ケンタウリb星人《ビーせいじん》はジャンプして、童子《わらし》ちゃんに飛《と》びつこうとした。

「じゃじゃじゃ～！　やめでけろ～！」

童子《わらし》ちゃんがヒラリとかわしたものだから、プロキシマ・ケンタウリb星人《ビーせいじん》は狙《ねら》いを外《はず》し、ペトッとナスターシャ先生《せんせい》の顔《かお》にくっついた。

「ゴ、ゴ、ゴ、ゴ、ゴキブリ～ッ！」

ナスターシャ先生《せんせい》は気絶《きぜつ》して、床《ゆか》の上《うえ》にひっくり返《かえ》る。

と、ニャルサーの銃弾《じゅうだん》が命中《めいちゅう》し、爆破《ばくは》スイッチを粉々《こなごな》に砕《くだ》いた。

「地球人《ちきゅうじん》ってのは、ほんっと失礼《しつれい》な連中《れんちゅう》だぜ！」

これで怒《いか》りが収《おさ》まったのか、プロキシマ・ケンタウリb星人《ビーせいじん》は、ソファーの下《した》に戻《もど》っていった。

「研究所《けんきゅうじょ》も無事《ぶじ》、発明《はつめい》も無事《ぶじ》、天才《てんさい》の私《わたし》も無事《ぶじ》。これは科学《かがく》の勝利《しょうり》ですね」

目《め》を回《まわ》しているナスターシャ先生《せんせい》を前《まえ》にして、キャットは勝《か》ち誇《ほこ》る。

「……いや、絶対違《ぜったいちが》うだろ」

ニコはちょっとだけ、ナスターシャ先生《せんせい》がかわいそうになった。


「これでいいか？」

ニコとキャットは相談《そうだん》して、気絶《きぜつ》したままのナスターシャ先生《せんせい》を外《そと》に運《はこ》び出《だ》した。

いつの間《ま》にか、夕方《ゆうがた》になっていて、茜色《あかねいろ》の空《そら》を背景《はいけい》にカラスが鳴《な》いている。

「いくら何《なん》でも、あきらめるでしょ。また来《き》ても、追《お》い返《かえ》すだけです」

「先生《せんせい》、仕事《しごと》は選《えら》んだ方《ほう》がいいよ」

ニコは風邪《かぜ》を引《ひ》かないように先生《せんせい》に毛布《もうふ》をかけてあげながら、そうアドバイスした。

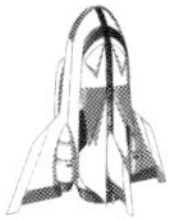

「あら、担任《たんにん》の先生《せんせい》が来《く》るんじゃなかったの、家庭訪問《かていほうもん》で？　梨花《りか》ちゃんに聞《き》いたわよ」

ニコがキャットを連《つ》れてラ・プティット・シャットに帰《かえ》ると、母《はは》の魅瑠《みる》が意外《いがい》そうな顔《かお》で出迎《でむか》えた。

「ええっと、先生《せんせい》は急用《きゅうよう》ができたってさ」

ニコは取《と》りあえずそう言《い》っておく。

「……ふうん？」

店《みせ》の奥《おく》のテーブルで勉強《べんきょう》していた梨花《りか》が、疑《うたが》いの目《め》を向《む》けた。

「な～んだ、残念《ざんねん》。せっかく、ケーキ用意《ようい》して待《ま》ってたのに」

カウンターの奥《おく》で手伝《てつだ》いをしていた姉《あね》の愛浪漫《あろま》が、ガッカリした顔《かお》になった。

オーブンの方《ほう》からは、愛浪漫《あろま》手作《てづく》りのプラムケーキの匂《にお》いがしてくる。

「そのケーキ、いただきま～す！」

キャットはいつの間《ま》にか、カウンター席《せき》に座《すわ》っていた。

「はいはい」

愛浪漫《あろま》は笑《わら》って、ケーキをキャットの前《まえ》に置《お》く。

「あたしもいっただきま～す！」

二番目《にばんめ》の姉《あね》の慕香《もか》が、フォークを手《て》にちゃっかりとキャットの隣《となり》に座《すわ》った。

「しょうがにゃい。ケーキ、半分《はんぶん》こずつですよ」

キャットがケーキを切《き》り分《わ》ける。

「待《ま》ったぁ〜！　そっちが大《おお》きいじゃん！　キャット、ずるい！」

「早《はや》いものがちです！」

「よ〜し！　そんなら！」

「うぎゃにゃ〜っ！　ひどい！」

キャットと慕香《もか》の間《あいだ》で、みにくい戦《たたか》いが始《はじ》まる。

そんなひとりと1匹《ぴき》を放《ほう》っておいて。

「次《つぎ》はまともな人《ひと》に先生《せんせい》にきて欲《ほ》しいな」

ニコは自分《じぶん》のコーヒーを淹《い》れつつ、切実《せつじつ》な願《ねが》いをつぶやくのであった。

ところが、翌朝《よくあさ》。

「ハ〜イ、みなさん！　今日《きょう》も元気《げんき》にお勉強《べんきょう》しましョ〜！」

教室《きょうしつ》のニコたちの前《まえ》に、ナスターシャ先生《せんせい》が何事《なにごと》もなかったかのように現《あらわ》れた。

「う、嘘《うそ》だ〜っ！」

自分《じぶん》の目《め》を疑《うたが》ったニコだったが、先生《せんせい》の肩《かた》に小《ちい》さな手《て》がかかっていることに気《き》がつく。

まるで、心霊写真《しんれいしゃしん》のように。

「せ、先生《せんせい》！　背中《せなか》、背中《せなか》！」

ニコだけじゃなく、クラスのみんなが青《あお》くなってその手《て》を指《ゆび》さした。

「ああ、童子《わらし》ちゃんのことデスか？　何《なん》だか、仲良《なかよ》くなっちゃって」

ナスターシャ先生《せんせい》は、ケロッとした顔《かお》でクルリと背中《せなか》を向《む》けた。

そこには、おんぶされた黒髪《くろかみ》の小《ちい》さな女《おんな》の子《こ》――童子《わらし》ちゃん――の姿《すがた》があった。

「おんや、ニコっ子《こ》だあ〜」

童子《わらし》ちゃんは片手《かたて》を離《はな》すと、ニコに向《む》けてその手《て》を振《ふ》る。

これでもう、知《し》らない人《ひと》の振《ふ》りはできなくなった。

「あれってニコの知《し》り合《あ》い？」

「もしかして、ロボットか？」

「決《き》まってるじゃん、ニコだぞ？」

クラスのみんなが騒《さわ》がしくなった。

「いったい、どうなってるの？」

梨花《りか》までもが眉《まゆ》をひそめて尋《たず》ねる。

「ちょっと……いろいろあってさ。あとで説明《せつめい》する」

ニコは疲《つか》れた顔《かお》でそう答《こた》えるしかなかった。

「二子玉川君《にこたまがわくん》」

ナスターシャ先生《せんせい》はそんなニコのそばに来《く》ると、その耳《みみ》にささやいた。

「キャットのこと、あきらめた訳《わけ》じゃアリませんよ。いつか祖国《そこく》に連《つ》れ帰《かえ》って、危険《きけん》な発《はっ》明品《めいひん》をた～くさん作《つく》らせてみせますカラね」

「あははは……勝手《かって》にして」

ニコはもうどうでもよくなって、机《つくえ》に突《つ》っ伏《ぷ》した。

「おしまい《どんどはれ》」

童子《わらし》ちゃんが、澄《す》ました顔《かお》でそう言《い》った。

invention.005

童子《わらし》ちゃん

夏《なつ》の商店街《しょうてんがい》のイベントで、
怪談《かいだん》を話《はな》すために作《つく》られたロボット。
結構《けっこう》しつこい性格《せいかく》だから
要注意《ようちゅうい》だ。

invention.006

ニャルサーP《ピー》28

キャット自慢《じまん》の発明品《はつめいひん》。
狙《ねら》った獲物《えもの》は絶対《ぜったい》に外《はず》さない!
…けど、
ものすごく遅《おそ》い銃弾《じゅうだん》を放《はな》つ。

（今回《こんかい》の収入《しゅうにゅう》）

0円《えん》

（ラッキー・マシン完成《かんせい》までの予算《よさん》残《のこ》り）

1168万《まん》9968円《えん》

発明《はつめい》ナンバー

1号《ごう》

invention no.1

「一《いっ》等《とう》賞《しょう》は月《つき》旅《りょ》行《こう》」

「……は、は、は、はっくしょん！」

ニコは泥《どろ》だらけの姿《すがた》で道《みち》に横《よこ》たわり、くしゃみをしていた。

くしゃみが止《と》まらないのは、ずぶ濡《ぬ》れになっているのが原因《げんいん》だ。

どうしてずぶ濡《ぬ》れになっているのかというと、理科《りか》の実験《じっけん》の後片《あとかた》づけをしていたら、準《じゅん》備室《びしつ》の鍵《かぎ》が壊《こわ》れて開《あ》かなくなり、窓《まど》から出《で》ようとして足《あし》をすべらせ、真下《ました》にあったプールに落《お》ちたせいである。

それだけでも散々《さんざん》な一日《いちにち》だといえるのだが、これで終《お》わらないのがニコである。

びしょ濡《ぬ》れのまま学校《がっこう》から帰《かえ》る途中《とちゅう》で、突然《とつぜん》、暴走《ぼうそう》してきた四本足《よんほんあし》の動物《どうぶつ》の群《む》れにはね飛《と》ばされたのだ。

(あり得《え》ないにもほどがあるだろ!)

ニコはすぐには立《た》ち上《あ》がれなかった。

「無事《ぶじ》か?」

一緒《いっしょ》に帰《かえ》っていた親友《しんゆう》の慧《けい》が、ニコに手《て》を差《さ》し出《だ》した。

ちなみに慧《けい》もニコのすぐそばを歩《ある》いていたけれど、怪我《けが》ひとつない。

「けど、どうしてラマが?」

慧《けい》が首《くび》をひねってそうつぶやいてしまうのも、無理《むり》はなかった。

暴走《ぼうそう》してきた動物《どうぶつ》の正体《しょうたい》は、ラマ。

ラマは、南《みなみ》アメリカのアンデス地方《ちほう》にすんでいるラクダの仲間《なかま》で、東京《とうきょう》の下町《したまち》でそのラマにぶつかるなんて、めったにあることではない。

(ツイてない。今日《きょう》は飛《と》びっ切《き》りツイてない)

ニコが立《た》ちながら、服《ふく》についた泥《どろ》を払《はら》ったその時《とき》。

「ニコ君《くん》、聞《き》いた〜!? ニュースでやってたけど、近《ちか》くの動物園《どうぶつえん》からラマが逃《に》げたんだって!」

デパートの紙袋《かみぶくろ》を引《ひ》きずって、キャットが駆《か》け寄《よ》ってきた。

「で、そんな時《とき》に役《やく》に立《た》つのがこれだよ！」

キャットは紙袋《かみぶくろ》から大《おお》きなスプレー缶《かん》を取《と》り出《だ》した。

「ラマ・アルパカ兼用《けんよう》の動物避《どうぶつよ》けスプレー！　名《な》づけて『**ハーブの香《かお》りの結界《けっかい》くん**』！　これをプシュ〜ッとかければ、ラマやアルパカは2メートル以内《いない》に近《ちか》づけなくなるという――」

「手遅《ておく》れだ！　あと10分《ぷん》、いや、あと5分早《ふんはや》ければ〜っ！」

「うにゃにゃにゃにゃ〜っ！　何《なに》するんです!?」

ニコは思《おも》わず、キャットの頬《ほ》っぺたを左右《さゆう》に引《ひ》っ張《ぱ》っていた。

「うん、今日《きょう》も平和《へいわ》だな」

ニコとキャットの見慣《みな》れたやり取《と》りを、慧《けい》が温《あたた》かい目《め》で見守《みまも》っているところに――。

「お、いたいた！」

鉢巻《はちまき》をした威勢《いせい》のいいおじさんと、背《せ》の高《たか》い眼鏡《めがね》をかけたおじさんが、ニコたちを見《み》て近《ちか》づいてきた。

「なあ、キャット。ちょいとばかり頼《たの》みたいことがあるんだけどよ」

キャットに声《こえ》をかけた鉢巻《はちまき》の人物《じんぶつ》は、『夕暮《ゆうぐ》れ商店街《しょうてんがい》』で青果店《せいかてん》を開《ひら》いている大塚《おおつか》のおじさんである。

「うわ……嫌《いや》な予感《よかん》しかしない」

キャットから手《て》を離《はな》したニコの顔《かお》は、早《はや》くも強《こわ》ばっていた。

特《とく》に今日《きょう》は、ニコの人生《じんせい》の中《なか》でもワースト10に入《はい》るくらいにツイていない日《ひ》である。

できれば、家《いえ》に帰《かえ》って部屋《へや》にこもり、じ〜っとしていたいところなのだ。

「今度《こんど》、うちの商店街《しょうてんがい》で大感謝《だいかんしゃ》セールをやることになってね」

眼鏡《めがね》の方《ほう》のおじさん、和菓子店《わがしてん》の奥田《おくだ》さんが説明《せつめい》する。

大塚《おおつか》のおじさんと奥田《おくだ》さんは、夕暮《ゆうぐ》れ商店街青年会《しょうてんがいせいねんかい》のメンバーで、商店街《しょうてんがい》の催《もよお》し物《もの》を考《かんが》える相談《そうだん》をいつもしているのだ。

「で、500円《えん》お買《か》い上《あ》げごとに1枚《まい》ずつ券《けん》を配《くば》って、福引《ふくび》きをやることにしたんだけどね」

奥田《おくだ》さんは続《つづ》ける。

「キャットに何《なに》か、人気《にんき》が出《で》そうな1等賞《とうしょう》の景品《けいひん》を作《つく》ってもらえないかなって思《おも》ったんだ」

「にゃにゃ？　福引《ふくび》きの景品《けいひん》、ですか？」

キャットは前足《まえあし》を組《く》んで考《かんが》え込《こ》む。

「そうそう、他《ほか》の商店街《しょうてんがい》がやらないような、派手《はで》なのを考《かんが》えたいんだよ」

大塚《おおつか》のおじさんが頷《うなず》いた。

「福引《ふくび》きって、いつもはどんなのが1等賞《とうしょう》だったっけ？」

今《いま》まで福引《ふくび》きでティッシュ以外《いがい》を当《あ》てたことのないニコは、思《おも》い出《だ》せずに首《くび》をひねる。

「去年《きょねん》は温泉旅行《おんせんりょこう》だったんだが、評判《ひょうばん》が悪《わる》くてなあ」

大塚《おおつか》のおじさんがしかめっ面《つら》になった。

「温泉《おんせん》の場所《ばしょ》が山奥《やまおく》すぎて、お客《きゃく》さんが途中《とちゅう》で遭難《そうなん》しかけたからね」

奥田《おくだ》さんがため息《いき》をつく。

「一昨年《おととし》は大奮発《だいふんぱつ》して季節《きせつ》のお野菜《やさい》セットにしたんだが、あれが何《なん》で不人気《ふにんき》だったんだか、いまだに分《わ》からねえ」

と、大塚《おおつか》のおじさん。

「一度《いちど》に大根《だいこん》を100本《ぽん》も送《おく》られたら、そりゃ困《こま》ると思《おも》うけど？」

奥田《おくだ》さんがさらに肩《かた》を落《お》とした。

このふたりに任《まか》せておいて、大丈夫《だいじょうぶ》なのか？

ニコは商店街《しょうてんがい》の未来《みらい》が不安《ふあん》になってきた。

「君《きみ》が頼《たよ》りなんだ、キャット。何《なに》か考《かんが》えてくれないかい、それもなるべく安《やす》く」

眼鏡《めがね》をツッと押《お》し上《あ》げた奥田《おくだ》さんは、安《やす》くの部分《ぶぶん》を強調《きょうちょう》する。

「できれば、予算《よさん》5万円《まんえん》以内《いない》で頼《たの》む！　これ、この通《とお》り！」

大塚《おおつか》のおじさんは手《て》を合《あ》わせた。

「ふにゃあ～、世知辛《せちがら》いですね～」

キャットはふたりに背《せ》を向《む》け、ヒゲを爪《つめ》でなでる。

「この新製品《しんせいひん》のネコ缶《かん》バーベキュー味《あじ》をつけるが、どうだ！」

大塚《おおつか》のおじさんが、レジ袋《ぶくろ》に入《はい》ったネコ缶《かん》を差《さ》し出《だ》した。

「むにゃ～、引《ひ》き受《う》けましょ！」

キャットはネコ缶《かん》の袋《ふくろ》に飛《と》びつくと、目《め》をハート形《がた》にして頬《ほお》ずりする。

「……こいつ、チョロい。チョロすぎる」

ニコは額《ひたい》に手《て》を当《あ》て、首《くび》を振《ふ》った。

「この天才発明家《てんさいはつめいか》に任《まか》せておけば完璧《かんぺき》です！」

キャットはよだれをぬぐいながら、大塚《おおつか》のおじさんたちに断言《だんげん》する。

「バーベキュー味《あじ》、どんな味《あじ》なのか楽《たの》しみですにゃ」

「バーベキューの味《あじ》かあ？」

慧《けい》までもが、ちょっと食《た》べたそうな顔《かお》になった。

「それで、何《なに》かアイデアがあるのかい？」

奥田《おくだ》さんが、期待《きたい》に目《め》を輝《かがや》かせて尋《たず》ねる。

「私《わたし》の取《と》り分《ぶん》がこのくらい……材料費《ざいりょうひ》その他《た》も計算《けいさん》して……」

キャットは、猫《ねこ》の手用《てよう》の大《おお》きなタブレット端末《たんまつ》『**ニャンでもできる**』を取《と》り出《だ》して、計《けい》算《さん》を始《はじ》めた。

5分《ふん》ほどして――。

「それじゃ、旅行《りょこう》はどうでしょう？　2泊《はく》3日《か》、送迎《そうげい》つきで」

「だから旅行《りょこう》は去年《きょねん》のことが――」

と、言《い》いかけた大塚《おおつか》のおじさんをさえぎり、キャットはタブレットの画面《がめん》を見《み》せた。

「旅行《りょこう》といっても、目的地《もくてきち》はここです」

「う、嘘《うそ》だろ⁉」

もともと丸《まる》い大塚《おおつか》のおじさんの目《め》が、さらに丸《まる》くなる。

液晶画面《えきしょうがめん》に映《うつ》っていたのは、空《そら》に浮《う》かぶ月《つき》の姿《すがた》だったからだ。

「よく知《し》らないけど、月旅行《つきりょこう》って10億《おく》とか100億《おく》とかするんじゃないのかい？」

奥田《おくだ》さんの顔《かお》が青《あお》くなる。

「この天才《てんさい》の手《て》にかかれば、1名様《めいさま》2800円《えん》で往復《おうふく》できます」

キャットは胸《むね》を張《は》った。

「いや、2800円《えん》って、都内《とない》のホテルでも泊《と》まれないぜ？」

大塚《おおつか》のおじさんは首《くび》を横《よこ》に振《ふ》る。

「けどさ、もし本当《ほんとう》に月《つき》に行《い》けるんなら、商店街《しょうてんがい》に取材《しゅざい》が来《く》るかもよ、TV《テレビ》とか？」

慧《けい》が言《い》った。

「けどなあ」

「信《しん》じたいけど」

大塚《おおつか》のおじさんと奥田《おくだ》さんはまだ迷《まよ》っている。

「まあ、疑《うたが》うのも無理《むり》はにゃいですね。だったら無事《ぶじ》に月《つき》に行《い》ける証明《しょうめい》として、明日《あした》、ロケットを打《う》ち上《あ》げて見《み》せますよ。みなさんの目《め》の前《まえ》で」

背中《せなか》で前足《まえあし》を組《く》んだキャットは、自信《じしん》たっぷりに宣言《せんげん》した。

「明日《あした》!?」

「僕《ぼく》たちの目《め》の前《まえ》で？」

大塚《おおつか》のおじさんと奥田《おくだ》さんは息《いき》をのむ。

「私《わたし》にとって月《つき》へのロケットなんて、人間《にんげん》にとっての自転車《じてんしゃ》みたいなもの。ちょうど余《あま》ってるロケットがあるんで、それでちょいと月《つき》に行《い》って、観光向《かんこうむ》けの景色《けしき》のいい場所《ばしょ》を探《さが》してきましょう。ね、ニコ君《くん》？」

キャットはニコに笑《わら》いかけた。

「って、僕《ぼく》も行《い》くのか!?」

ニコは固《かた》まる。

「助手《じょしゅ》でしょ？」

キャットはさも当然《とうぜん》といった顔《かお》だ。

「……ああ、ついてない」

不運《ふうん》が明日《あした》まで続《つづ》きそうな予感《よかん》を覚《おぼ》えるニコだった。


そして翌日《よくじつ》。

研究所《けんきゅうじょ》の空《あ》き地《ち》には、朝早《あさはや》くから町内《ちょうない》の人《ひと》たちが集《あつ》まっていた。

大塚《おおつか》のおじさんや奥田《おくだ》さんをはじめとする夕暮《ゆうぐ》れ商店街青年会《しょうてんがいせいねんかい》の人《ひと》たちや、ニコの家族《かぞく》、おまけに呼《よ》んでもいないのにニコのクラスメートたち、それにナスターシャ先生《せんせい》までが来《き》ている。

そして、そんなみんなの前《まえ》に立《た》っているのが、高《たか》さ7、8メートルはあろうかという物《ぶっ》体《たい》。

白《しろ》い布《ぬの》に覆《おお》われているが、だいたいの形《かたち》からこれがロケットであることは誰《だれ》の目《め》にも明《あき》らかだ。

「……眠《ねむ》い」

昨日《きのう》、遅《おそ》くまでロケットの整備《せいび》を手伝《てつだ》っていたニコは目《め》をこする。

「さて、お集《あつ》まりのみにゃさん！」

キャットがもったいぶった様子《ようす》でみんなの前《まえ》に進《すす》み出《で》ると、咳払《せきばら》いしてから白《しろ》い布《ぬの》を引《ひ》っ張《ぱ》った。

「ごらんあれ！　これこそが天才発明《てんさいはつめい》のひとつ『**ニャポロ13号**《ごう》』～！」

布《ぬの》が雑草《ざっそう》に覆《おお》われた地面《じめん》に落《お》ちると、キャットの発明《はつめい》としてはまあ、まともな形《かたち》をした銀色《ぎんいろ》のロケットが、みんなの前《まえ》に姿《すがた》を現《あらわ》した。

「本当《ほんとう》にロケットだぜ」

「これは、すごいね」

大塚《おおつか》のおじさんと奥田《おくだ》さんが、感心《かんしん》したようにつぶやく。

「この天才《てんさい》にかかれば、月《つき》と地球《ちきゅう》の間《あいだ》を飛《と》ぶだけのロケットなんて、地球人《ちきゅうじん》にとっての自《じ》転車《てんしゃ》の組《く》み立《た》てみたいなものですからね～」

キャットはニュフフッと笑《わら》った。

「13号って、その前《まえ》の12機《き》はどうなったんだよ？」

キャットの横《よこ》に立《た》つニコは、小《ちい》さな声《こえ》で尋《たず》ねる。

「それはしてはいけにゃい質問《しつもん》だよ」

キャットははぐらかすと、タブレット端末《たんまつ》『ニャンでもできる』の画面上《がめんじょう》で肉球《にくきゅう》をすべらせた。

ロケットの側面《そくめん》のハッチが開《ひら》き、金属製《きんぞくせい》のハシゴがニコたちの前《まえ》まで下《お》りてくる。

「さあさあ、乗《の》って乗《の》って」

キャットにうながされ、ニコは仕方《しかた》なくハシゴを登《のぼ》り始《はじ》めた。

「遅《おそ》くならないうちに帰《かえ》ってくるんだよ〜」

長女《ちょうじょ》の愛浪漫《あろま》が、のんびりと手《て》を振《ふ》る。

「土産《みやげ》、忘《わす》れんなよ！」

そう声《こえ》をかけるのは、もうひとりの姉《あね》の慕香《もか》。

「宇宙人《うちゅうじん》に会《あ》ったら、うちのお店宣伝《みせせんでん》しておいて！」

母《はは》の魅瑠《みる》はたくましい。

「生《い》きて帰《かえ》ってこいよ！」

本気《ほんき》で心配《しんぱい》してくれているのは、どうやら親友《しんゆう》の慧《けい》だけのようだ。

「二子玉川君《にこたまがわくん》。月曜日《げつようび》、日直《にっちょく》だから。遅刻《ちこく》は禁止《きんし》」

という梨花《りか》の言葉《ことば》に、ニコは思《おも》わずハシゴを踏《ふ》み外《はず》しそうになった。

「今《いま》さら聞《き》くのはどうかと思《おも》うけど、ロケットに乗《の》るのに訓練《くんれん》とかいらないのか？」

二重《にじゅう》になっている扉《とびら》を通《とお》ってニャポロ13号《ごう》に乗《の》り込《こ》むと、ニコはキャットに質問《しつもん》した。

ロケットの中《なか》は、ＴＶ《テレビ》番組《ばんぐみ》で見《み》る人間《にんげん》が作《つく》ったロケットの内部《ないぶ》とそう変《か》わらない。

ただ、ちょっとこちらの方《ほう》が広《ひろ》い気《き》がした。

扉《とびら》の横《よこ》には宇宙服《うちゅうふく》とヘルメットっぽいものが入《はい》ったケースが置《お》いてある。

「訓練《くんれん》が必要《ひつよう》なのは、地球人《ちきゅうじん》が作《つく》ったロケットでしょう？　これはず〜っと簡単《かんたん》なんですよ」

キャットは操縦席《そうじゅうせき》らしい座席《ざせき》に乗《の》っかった。

座《すわ》ったその瞬間《しゅんかん》に、座席《ざせき》は形《かたち》を変《か》えて、キャットの大《おお》きさになる。

ニコも隣《となり》の席《せき》に座《すわ》ったが、椅子《いす》は同《おな》じようにニコにピッタリに変化《へんか》した。

「座《すわ》った人《ひと》に合《あ》わせて形《かたち》が変《か》わるので、座《すわ》り心地《ごこち》がいいでしょ？」

キャットは自慢《じまん》げに、ヒゲをヒクヒクと動《うご》かす。

「変《へん》な発明品《はつめいひん》考《かんが》えるより、この椅子《いす》を売《う》った方《ほう》が儲《もう》かるような気《き》が」

ニコはそうつぶやきながら、シートベルトを締《し》めた。

座席《ざせき》の数《かず》はふたつ。

その前《まえ》には、ボタンやスイッチだらけのパネルがあり、ニコとキャットの正面《しょうめん》にはゲーム機《き》のコントローラーに似《に》たレバーがあるが、これはたぶん操縦《そうじゅう》に使《つか》うものだろう。

「これは？」

ニコはパネルの上《うえ》の方《ほう》にある大《おお》きな画面《スクリーン》を指《ゆび》さした。

「このスクリーンに外《そと》の様子《ようす》が映《うつ》るんですよ」

キャットは説明《せつめい》し、スイッチを入《い》れた。

さっきまで暗《くら》かった画面《がめん》に、あたりの様子《ようす》が映《うつ》し出《だ》される。

「じゃ、行《い》きは私《わたし》が操縦《そうじゅう》するから、帰《かえ》りはニコ君《くん》に頼《たの》みますね」

「大丈夫《だいじょうぶ》なのか？」

ニコだってロケットを操縦《そうじゅう》してみたいのは確《たし》かだが、いきなりやれと言《い》われてもできる自信《じしん》はない。

「大丈夫《だいじょうぶ》です。ほとんどゲームみたいなものですから、横《よこ》で見《み》ていればすぐに覚《おぼ》えます」

キャットが次々《つぎつぎ》にスイッチを入《い》れていくと、パネルのランプがチカチカと光《ひか》り始《はじ》めた。

「ちょっと下《さ》がっててね〜」

マイクで外《そと》のみんなに呼《よ》びかけると、キャットはレバーを握《にぎ》った。

「カウントダウン開始《かいし》！　5秒前《びょうまえ》、4、3――」

ロケットが揺《ゆ》れ始《はじ》める。

「2、1――」

キャットの前足《まえあし》の肉球《にくきゅう》が、レバーの赤《あか》いボタンを押《お》した。

「発射《はっしゃ》〜っ！」

ガクンと体《からだ》に力《ちから》がかかるのを感《かん》じると同時《どうじ》に、画面《スクリーン》の中《なか》の風景《ふうけい》が動《うご》き出《だ》した。

空《あ》き地《ち》に集《あつ》まった人《ひと》たちの姿《すがた》が、ぐんぐんと小《ちい》さくなっていく。

「本当《ほんとう》に飛《と》んでる！」

ニコの目《め》は画面《スクリーン》に釘《くぎ》づけになっていた。

「そりゃ飛《と》びますよ、ロケットですから」

「けど、意外《いがい》とゆっくりだな」

画面《スクリーン》を見《み》ながらニコは思《おも》ったことを口《くち》にした。

あっという間《ま》に夕暮町《ゆうぐれちょう》が小《ちい》さくなり、日本全体《にほんぜんたい》が見《み》えるようになるんじゃないかと思《おも》っていたけれど、まだそんなに高《たか》く飛《と》んではいない。

梨花《りか》や慧《けい》の姿《すがた》がかろうじて見分《みわ》けられるくらいだ。

「だんだん速《はや》くなりますよ」

キャットは言《い》った。

「けど」

ニコはニャンでもできるを取《と》り出《だ》して、万能百科事典《ばんのうひゃっかじてん》『ニャンペディア』で調《しら》べてみる。

「地球《ちきゅう》の重力《じゅうりょく》を振《ふ》り切《き》って宇宙《うちゅう》に出《で》るには、秒速《びょうそく》11・2キロ（時速《じそく》4万《まん》3００キロ）に達《たっ》しないといけないって書《か》いてあるぞ？」

「ニコ君《くん》、それは地球人《ちきゅうじん》の開発《かいはつ》したロケットの話《はなし》だよ。確《たし》かに、地球人《ちきゅうじん》のロケットは燃料《ねんりょう》のほとんどを地球《ちきゅう》の重力《じゅうりょく》から脱出《だっしゅつ》するために使《つか》うけど」

キャットは右前足《みぎまえあし》の爪《つめ》を立《た》てて左右《さゆう》に振《ふ》った。

「このニャポロ13号《ごう》は違《ちが》います！　重力《じゅうりょく》を打《う》ち消《け》す波動《はどう》、つまり反重力波《はんじゅうりょくは》を放射《ほうしゃ》することで、のんびりと宇宙《うちゅう》を目指《めざ》せるんです！　まあ、お得《とく》！」

「けど、月《つき》までは38万《まん》キロだぞ？　この速度《そくど》じゃ何日《なんにち》もかかっちゃうだろ？」

ニコがそんなことを尋《たず》ねている間《あいだ》に、空《そら》の色《いろ》が変《か》わり始《はじ》めていた。

青《あお》がだんだん濃《こ》くなって藍色《あいいろ》に、さらに暗《くら》く夜空《よぞら》のようになって星《ほし》が見《み》えてきた。

「このあたりだと、まだ速度《そくど》を上《あ》げる訳《わけ》にはいかないんですよ。宇宙《スペース・》ゴミ《デブリ》を避《よ》けるために、ゆっくり飛《と》ばないと」

キャットはニコの質問《しつもん》に答《こた》えた。

「スペース・デブリ？」

「今《いま》まで地球人《ちきゅうじん》が無計画《むけいかく》に打《う》ち上《あ》げてきた、古《ふる》い人工衛星《じんこうえいせい》やその破片《はへん》のことだよ。それがスクラップになって、ものすごい速度《そくど》で地球《ちきゅう》のまわりを回《まわ》っているの。大《おお》きいデブリにぶつかったら、ニャポロに穴《あな》が開《あ》くかも知《し》れないんだよ」

「つて！　キャット、前《まえ》！　前《まえ》！」

前方《ぜんぽう》から人工衛星《じんこうえいせい》の破片《はへん》っぽいのが近《ちか》づいてくることに気《き》がつき、ニコは真《ま》っ青《さお》になった。

破片《はへん》の大《おお》きさは数《すう》メートル。

ぶつかれば確《たし》かに、無事《ぶじ》で済《す》みそうにない。

「大丈夫《だいじょうぶ》ですよ。今《いま》は自動操縦《じどうそうじゅう》になってますから、ニャポロが勝手《かって》にデブリを避《よ》けてくれますって」

キャットの言葉通《ことばどお》り、ニャポロはデブリの手前《てまえ》、すれすれのところで方向《ほうこう》を変《か》えて衝突《しょうとつ》を防《ふせ》いだ。

「……心臓《しんぞう》に悪《わる》い」

ニコは胸《むね》を押《お》さえてため息《いき》をつく。

「デブリの多《おお》い空間《くうかん》を抜《ぬ》けるまであと1時間《じかん》ぐらいかかるんで、それまで『ちゃお』でも読《よ》んでてください」

キャットは座席《ざせき》の下《した》から雑誌《ざっし》を出《だ》してニコに渡《わた》した。

「何《なん》でロケットに『ちゃお』積《つ》んでんだよ！」

「趣味《しゅみ》です」

キャットはキッパリと答《こた》えた。


で、きっかり1時間後《じかんご》。

「さあ、デブリの空間《くうかん》を抜《ぬ》けました。ここからは亜空間飛行《あくうかんひこう》で時間節約《じかんせつやく》です！」

キャットはそう言《い》うと、食《た》べかけのネコ缶《かん》を置《お》いてパネルに前足《まえあし》を置《お》いた。

「亜空間飛行《あくうかんひこう》？　よくSF《エスエフ》とかにでてくるやつか？」

ニコも、『ちゃお』を置《お》いてキャットを見《み》る。

「はい、この空間《くうかん》とは別《べつ》の空間《くうかん》を抜《ぬ》けて、一気《いっき》に移動《いどう》するんです。ニコ君《くん》に分《わ》かるように説明《せつめい》すると、山《やま》を越《こ》える道《みち》を通《とお》る代《か》わりに、トンネルを使《つか》うようなものかにゃ？」

キャットは目《め》をゴーグルで覆《おお》うと、レバーの白《しろ》いボタンを肉球《にくきゅう》で押《お》した。

「亜空間突入《あくうかんとつにゅう》！」

ニコがキャットをまねて、ゴーグルをかけたその時《とき》。

エンジンがブーンという低《ひく》い音《おと》を立《た》て始《はじ》め、正面《しょうめん》の画面《がめん》が突然真《とつぜんま》っ白《しろ》になった。

「こ、この技術《ぎじゅつ》で何《なに》か作《つく》れば、ラッキー・マシンを作《つく》る費用《ひよう》なんてあっという間《ま》に集《あつ》まるんじゃないか？」

光《ひかり》に包《つつ》まれ、体《からだ》が数倍《すうばい》に重《おも》くなるのを感《かん》じながら、ニコは思《おも》わずキャットに尋《たず》ねていた。

「それは駄目《だめ》だよ。亜空間飛行《あくうかんひこう》は地球人《ちきゅうじん》が使《つか》うには危険《きけん》すぎるもの」

「確《たし》かに」

ニコもその説明《せつめい》に納得《なっとく》した。

ただでさえ、キャットの発明《はつめい》には危険《きけん》なものが多《おお》いのだから。

「さて、到着前《とうちゃくまえ》にあれを着《き》ちゃいましょう」

キャットは操縦席《そうじゅうせき》から降《お》りて扉《とびら》のそばに行《い》くと、ケースから宇宙服《うちゅうふく》を取《と》り出《だ》した。

「もう着替《きが》えるのか？」

無事《ぶじ》に着地《ちゃくち》してからでいいんじゃないか、とニコは不思議《ふしぎ》に思《おも》う。

「気圧《きあつ》って分《わ》かる？」

キャットは尋《たず》ねた。

「空気《くうき》の濃《こ》さ、みたいなものだろ？　高《たか》いところに行《い》くと低《ひく》くなって、深海《しんかい》みたいに低《ひく》いところに行《い》くと高《たか》くなる？」

と、ニコ。

「だいたい正解《せいかい》です。宇宙服《うちゅうふく》の中《なか》の気圧《きあつ》をこのロケットの中《なか》と同《おな》じにしたまま外《そと》に出《で》ると、宇宙服《うちゅうふく》が風船《ふうせん》みたいにパンパンにふくれ上《あ》がっちゃうんですよ。そうなったら、動《うご》きにくいでしょ？」

キャットはヘルメットをかぶりながら説明《せつめい》した。

「だから、宇宙服《うちゅうふく》の内側《うちがわ》は気圧《きあつ》を低《ひく》くしてあるんです。その低《ひく》い気圧《きあつ》にゆっくり慣《な》らすために、外《そと》に出《で》る1、2時間前《じかんまえ》に着《き》ておくんです」

「もし慣《な》らしておかないとどうなるんだ？」

「体中《からだじゅう》がピキピキって痛《いた》くなります」

ニコもすぐに着替《きが》えることにした。

宇宙服《うちゅうふく》にはやたらポケットがついているが、これは発明品《はつめいひん》を入《い》れるためだろう。実際《じっさい》に着《き》てみると、それほど格好悪《かっこうわる》くはないのでニコもひと安心《あんしん》だ。

「おにゃ、そろそろですか？」

キャットはパネルの上《うえ》で青《あお》いランプが光《ひか》っていることに気《き》がついて、操縦席《そうじゅうせき》に戻《もど》った。

「亜空間《あくうかん》から脱出《だっしゅつ》～」

ニコが席《せき》に着《つ》くのを待《ま》って、キャットはレバーの白《しろ》いボタンをもう一度《いちど》押《お》した。

白《しろ》く輝《かがや》いていた画面《がめん》が暗《くら》くなり、その中心《ちゅうしん》に銀色《ぎんいろ》の巨大《きょだい》な球体《きゅうたい》が現《あらわ》れた。

「あれが月《つき》、なのか？」

ニコは息《いき》をのむ。

こんなに近《ちか》くで月《つき》を見《み》るのは初《はじ》めてなのだ。

「さあ、着陸準備《ちゃくりくじゅんび》に入《はい》りますよ」

キャットはレバーを引《ひ》いた。

ニャポロは向《む》きを変《か》え、先端《せんたん》を地球《ちきゅう》の方《ほう》に向《む》けながら速度《そくど》を落《お》としていく。

月《つき》はだんだん大《おお》きくなっていき、地平線《ちへいせん》、いや、月平線《つきへいせん》の向《む》こうに地球《ちきゅう》の姿《すがた》は消《き》えた。

デコボコした月《つき》の表面《ひょうめん》が、ニコの目《め》の前《まえ》に迫《せま》ってくる。

「着地《ちゃくち》まであと1分《ぷん》……50秒《びょう》……40秒《びょう》」

キャットがカウントダウンを開始《かいし》する。

ニコの目《め》の前《まえ》にある、地表《ちひょう》までの距離《きょり》を示《しめ》すメーターの数字《すうじ》もどんどん小《ちい》さくなっていく。

「8、7、6、5、4、3、2、1、着地《ちゃくち》！」

ズンッと下《した》から突《つ》き上《あ》げられるような感《かん》じがして、ロケットは止《と》まった。

「……着《つ》いちゃった」

ニコは息《いき》をのんだ。

(本当《ほんとう》に月《つき》なんだな)

地球《ちきゅう》から見上《みあ》げるのとは全然違《ぜんぜんちが》う。

今《いま》、目《め》の前《まえ》の画面《がめん》に広《ひろ》がっているのは、何《なに》もない灰色《はいいろ》の月面《げつめん》である。

もちろん、真空《しんくう》に近《ちか》いので風《かぜ》の音《おと》さえ聞《き》こえてこない。

静《しず》けさに満《み》ちた、孤独《こどく》な大地《だいち》にニコは到着《とうちゃく》したのだ。

感動《かんどう》した、が半分《はんぶん》。

無事《ぶじ》に着《つ》いてホッとした、が残《のこ》り半分《はんぶん》。

というのが今《いま》の素直《すなお》な感想《かんそう》だ。

「それじゃ、外《そと》に出《で》ましょう」

キャットは操縦席《そうじゅうせき》から降《お》りて、扉《とびら》へと向《む》かった。

「う、うん」

ニコもキャットに続《つづ》く。

ロケットの扉《とびら》は二重《にじゅう》になっていて、どちらかの扉《とびら》しか開《あ》かない仕組《しく》みになっている。

ロケットの中《なか》の空気《くうき》が外《そと》に流《なが》れ出《で》ないようにするためだ。

「空気《くうき》を抜《ぬ》くよ」

内側《うちがわ》の扉《とびら》を閉《し》めると、シュ〜ッという音《おと》が聞《き》こえてきた。音《おと》はだんだん小《ちい》さくなり、やがて聞《き》こえなくなった。

「真空《しんくう》になったからもう外《そと》に出《で》られるよ」

音《おと》が聞《き》こえなくなったのは、音《おと》を伝《つた》える空気《くうき》が薄《うす》くなったため。キャットの声《こえ》だけが聞《き》こえるのは、ヘルメットに無線《むせん》がついているおかげである。

外側《そとがわ》の扉《とびら》が開《あ》くのを待《ま》って、ニコはキャットをおんぶしてハシゴを下《お》りていく。

月面《げつめん》に足《あし》が触《ふ》れた瞬間《しゅんかん》、ほんのちょっと、かかとが沈《しず》み込《こ》んだような気《き》がした。ちょうど、海水浴場《かいすいよくじょう》の砂《すな》の上《うえ》にいるような感《かん》じである。

宇宙船《うちゅうせん》の中《なか》から画面《がめん》を通《とお》して見《み》るのと、実際《じっさい》に月面《げつめん》に立《た》つのはまた全然違《ぜんぜんちが》う感《かん》じだ。

「意外《いがい》と地面《じめん》が黒《くろ》いな」

あたりを見渡《みわた》して、ニコは感想《かんそう》をつぶやく。

「地球《ちきゅう》からだと、太陽《たいよう》の光《ひかり》の反射《はんしゃ》で白《しろ》く見《み》えるけどね〜」

キャットはニコの背中《せなか》から下《お》りた。

「ここってどのあたりなんだ？」

目印《めじるし》になるようなものが何《なに》もないので、ニコには見当《けんとう》もつかない。

「月《つき》の裏側《うらがわ》。地球《ちきゅう》からは見《み》えない場所《ばしょ》だよ。月《つき》はずっと同《おな》じ側《がわ》を地球《ちきゅう》に向《む》けて回《まわ》ってるからね」

キャットはポケットからニャンでもできるを取《と》り出《だ》して月面裏側《げつめんうらがわ》の地図《ちず》を映《うつ》し出《だ》し、前《まえ》足《あし》で現在位置《げんざいいち》を示《しめ》した。

地図《ちず》によると、ニコたちがいるのは、ゴダード・クレーターと名《な》づけられている場所《ばしょ》の近《ちか》くである。

「どうして地球《ちきゅう》が見《み》える場所《ばしょ》に降《お》りなかったんだ？」

ニコは続《つづ》けて聞《き》いた。

「地球人《ちきゅうじん》に発見《はっけん》されにくいからですよ。地球観光《ちきゅうかんこう》に異星人《いせいじん》がたくさんやってきていることを地球人《ちきゅうじん》が知《し》ったら、大騒《おおさわ》ぎになるでしょ？　だから他《ほか》の異星人《いせいじん》たちも、地球《ちきゅう》に来《く》る時《とき》には裏側《うらがわ》にある秘密《ひみつ》の宇宙港《うちゅうこう》を利用《りよう》するんです」

キャットはヘルメットに「ニコ&《アンド》キャット御一行《ごいっこう》」と書《か》かれた旗《はた》を立《た》て、『ニャンでもできる』をカメラモードに切《き》り替《か》えた。

完全《かんぜん》に、団体《だんたい》ツアー客《きゃく》の気分《きぶん》である。

「ともかく旅行《りょこう》の下見《したみ》なんだから、観光《かんこう》スポットになりそうな場所《ばしょ》を探《さが》しましょうよ？」

「……あるのか、そんなとこ？」

確《たし》かに、月面《げつめん》に立《た》つこと自体《じたい》が、感動的《かんどうてき》であることは間違《まちが》いない。

でも、動物《どうぶつ》もいなければ、植物《しょくぶつ》もない。

見渡《みわた》せる限《かぎ》りの範囲《はんい》には、面白《おもしろ》そうな物《もの》は全然《ぜんぜん》ないのだ。

「でもほら、空《そら》はきれいでしょ？」

キャットはヘルメットを上《うえ》に向《む》けた。

「……うん、それは認《みと》める」

夕暮町《ゆうぐれちょう》で見《み》るよりもずっとたくさんの星々《ほしぼし》が、空《そら》を覆《おお》っている。

日本《にほん》でははっきり見《み》ることの難《むずか》しい天《あま》の川《がわ》も、本当《ほんとう》に銀色《ぎんいろ》の川《かわ》が空《そら》を横切《よこぎ》って流《なが》れているように見《み》える。

「見《み》せたら、喜《よろこ》ぶかな？」

ニコはふと、梨花《りか》の顔《かお》を思《おも》い浮《う》かべていた。

「……って、何言《なにい》ってんだよ？」

首《くび》を横《よこ》に振《ふ》ったニコは足《あし》を踏《ふ》み出《だ》したが――。

「ととっ！」

思《おも》ったよりも一歩《いっぽ》が大《おお》きくなり、危《あや》うく転《ころ》びそうになった。

「月《つき》の重力《じゅうりょく》は0・165G《ジー》だから、歩《ある》くのにはちょっとコツがいるんだよ」

と、キャット。

G《ジー》というのは重力《じゅうりょく》を表《あらわ》す単位《たんい》。地球《ちきゅう》の重力《じゅうりょく》を1G《ジー》として計算《けいさん》したものだ。

「地球《ちきゅう》のだいたい6分《ぶん》の1ってことか」

今度《こんど》は加減《かげん》をして足《あし》を踏《ふ》み出《だ》してみる。

「ちょっと頭《あたま》に血《ち》が上《のぼ》ってる感《かん》じもする」

「重力《じゅうりょく》が小《ちい》さい分《ぶん》、いつもより頭《あたま》の方《ほう》に血《ち》が回《まわ》るからだよ」

さすがにキャットは慣《な》れているのか、ピョンピョンと跳《と》ぶように歩《ある》いてみせる。

ニコもまねをしてみるが、歩《ある》くというより、頭《あたま》まで水《みず》に浸《つ》かってその中《なか》を進《すす》む感《かん》じに近《ちか》い。

「今《いま》、このあたりは夜《よる》だから、温度《おんど》はマイナス110度《ど》ぐらいに下《さ》がっているはずだよ。逆《ぎゃく》に昼間《ひるま》になると110度《ど》ぐらい。温度《おんど》の差《さ》がすごいから、宇宙服《うちゅうふく》の温度調節機能《おんどちょうせつきのう》は常《つね》にチェックしておいてね。これが月面《げつめん》での注意《ちゅうい》その1」

キャットは説明《せつめい》しながら、その場《ば》で空中回転《くうちゅうかいてん》して見《み》せた。

「もっと岩《いわ》っぽいかと思《おも》ったけど、何《なに》か、フワッとした感《かん》じだな？」

ニコはしゃがんで、足元《あしもと》に積《つ》もっている土《つち》みたいな物《もの》を手《て》ですくい上《あ》げてみる。

「これ、砂《すな》か？」

「レゴリスという月《つき》の土《つち》で、砂《すな》よりもずっと細《こま》かいんです。ちょうど、小麦粉《こむぎこ》みたいな感《かん》じでしょ？」

「確《たし》かに」

ニコが手《て》を払《はら》うと、レゴリスはゆっくりと月面《げつめん》に向《む》かって落《お》ちてゆく。

「レゴリスって、けっこうやっかいなんですよ。精密機械《せいみつきかい》の隙間《すきま》に入《はい》り込《こ》み、機械《きかい》を壊《こわ》すことがあるんです。これ、注意《ちゅうい》その2ね」

「これだけ細《こま》かいと、そうだろうなあ」

ニコは頷《うなず》いた。

「あと、隕石《いんせき》には注意《ちゅうい》してね。隕石《いんせき》は地球《ちきゅう》みたいに大気《たいき》が濃《こ》ければ摩擦《まさつ》で燃《も》え尽《つ》きちゃうけど、空気《くうき》がほとんどない月《つき》だとバンバン降《ふ》ってくるから。これ、注意《ちゅうい》その3。小《ちい》さい隕《いん》石《せき》だってものすごいスピードで飛《と》んでくるから、当《あ》たると宇宙服《うちゅうふく》に穴《あな》が――」

と、キャットが説明《せつめい》している途中《とちゅう》で。

ガツッ！

ニコのヘルメットに何《なに》かがぶつかった。

「うわっ！　今《いま》、かすった！　隕石《いんせき》かすった！」

ニコは思《おも》わず――重力《じゅうりょく》が小《ちい》さいからゆっくりとだけど――ひっくり返《かえ》る。

ニコをかすめた隕石《いんせき》はそのまま月面《げつめん》にぶつかって、レゴリスに小《ちい》さな跡《あと》を残《のこ》した。

「うにゃ、バンバン降《ふ》ってくるとは言《い》ったけど、そう簡単《かんたん》に当《あ》たるもんじゃないはずなんだよ。それでも当《あ》たりそうになるなんて、さすが、運《うん》の悪《わる》いニコ君《くん》」

キャットは感心《かんしん》する。

「月《つき》って、観光向《かんこうむ》きじゃない気《き》がしてきた」

ニコは起《お》き上《あ》がり、その場《ば》に座《すわ》り込《こ》んだまま、ため息《いき》をついた。

と、その時《とき》。

月平線上《つきへいせんじょう》に、キラリと光《ひか》るものが見《み》えた。

「？」

目を凝《こ》らすと、それがバイクみたいな――ただし、タイヤの代《か》わりに地面《じめん》に平行《へいこう》な円盤《えんばん》がついてる――乗《の》り物《もの》だということが分《わ》かる。

現在《げんざい》、月《つき》に人間《にんげん》がいる可能性《かのうせい》はほとんどない。

幻《まぼろし》でない限《かぎ》り、あれに乗《の》っているのは異星人《いせいじん》で間違《まちが》いないだろう。

「キャット？」

ニコはそちらを指《ゆび》さして、姿勢《しせい》を低《ひく》くした。

相手《あいて》が人類《じんるい》に友好的《ゆうこうてき》な宇宙人《うちゅうじん》とは限《かぎ》らないと思《おも》ったからだ。

謎《なぞ》の乗《の》り物《もの》は、レゴリスを巻《ま》き上《あ》げながらこちらに向《む》かって近《ちか》づいてくる。

速度《そくど》はたぶん１００キロ以上《いじょう》出《で》ているはずだ。

「にゃにゃ、あれは～っ！」

何《なに》かまずいことが起《お》ころうとしているのか、キャットは宇宙服《うちゅうふく》の内側《うちがわ》でダラダラと汗《あせ》をかき始《はじ》めた。

「逃《に》げた方《ほう》がいいか？」

と、ニコ。

「駄目《だめ》です、逃《に》げたら公務執行妨害《こうむしっこうぼうがい》で捕《つか》まります」

キャットがそう答《こた》え、ヘルメットを横《よこ》に振《ふ》ったその時《とき》。

乗《の》り物《もの》が、ニコたちのすぐ前《まえ》までやってきて、ピタリと止《と》まった。

「◎▲＄◇∞※♪！」

乗《の》っているのは、サングラスをかけて青《あお》い制服《せいふく》を着《き》たウサギのような生《い》き物《もの》だ。ウサギと違《ちが》うのは、体《からだ》つきが人間《にんげん》に近《ちか》く、身長《しんちょう》が2メートルほどもある点《てん》だ。

「♭▽∬£＃☆◆？」

ウサギ型異星人《がたいせいじん》は、キャットに向《む》かって話《はな》しかける。

その様子《ようす》から攻撃《こうげき》する気《き》がないことは分《わ》かったが、さっぱり言葉《ことば》が分《わ》からないニコは、その場《ば》で固《かた》まっていることしかできない。

「ああっと……何《なん》て言《い》ってるんだ？」

少《すこ》ししてから、ニコはキャットにささやいた。

「この『**スーパー・エイリアン翻《ほん》ニャク機《き》**』を」

キャットは、猫耳《ねこみみ》がついたカチューシャみたいなモノをニコに渡《わた》す。

「あなた、これで駐機違反《ちゅうきいはん》、4回目《かいめ》ですよ」

ヘルメットの上《うえ》にカチューシャをつけたとたん、異星人《いせいじん》の言葉《ことば》がニコの耳《みみ》に飛《と》び込《こ》んできた。

(駐機違反《ちゅうきいはん》？)

どうやら車《くるま》じゃなくてロケットなので、駐車《ちゅうしゃ》ではなく、駐機《ちゅうき》というようだ。

「お巡《まわ》りさん、だってここ、前《まえ》は駐機禁止《ちゅうききんし》じゃにゃかったよ？」

キャットは肩《かた》をすくめて言《い》い訳《わけ》する。

「法律《ほうりつ》は変《か》わるもの。標識《ひょうしき》だって立《た》ってるでしょう？」

異星人《いせいじん》が指《ゆび》さした先《さき》には、何《なに》もないようにニコの目《め》には映《うつ》った。

だが、キャットから渡《わた》された『ニャンでもできる』をそちらに向《む》けて画面《がめん》を通《とお》すと、確《たし》かに水晶《すいしょう》の三角《さんかく》すいのような物体《ぶったい》が、そこにあるのが見《み》える。

「こんなところに降《お》りないで、ちゃんと宇宙港《うちゅうこう》を使《つか》いなさい」

異星人《いせいじん》は注意《ちゅうい》する。

「宇宙港《うちゅうこう》は使用料《しようりょう》が高《たか》いんですよ」

キャットは文句《もんく》を言《い》った。

「罰金《ばっきん》よりは安《やす》いでしょう？　次《つぎ》は免許取消《めんきょとりけし》ですからね。はい、違反切符《いはんきっぷ》」

異星人《いせいじん》の警官《けいかん》は、プラスチックのカードをキャットに渡《わた》す。

「最近《さいきん》は、地球《ちきゅう》の探査機《たんさき》が月《つき》の裏側《うらがわ》も回《まわ》っているんだから、発見《はっけん》されないように気《き》をつけて」

「はいは〜い」

カードを受《う》け取《と》ったキャットがそう答《こた》えると、異星人《いせいじん》の警官《けいかん》はバイク——のようなもの——で去《さ》っていった。

「ふみぃ〜。罰金《ばっきん》を払《はら》いに行《い》かないといけないね、予算《よさん》オーバーですけど」

キャットは違反切符《いはんきっぷ》を宇宙服《うちゅうふく》のポケットにしまうと、肩《かた》を落《お》とす。

「それ、どこで払《はら》うんだ？」

「宇宙港《うちゅうこう》の警察署《けいさつしょ》か、地球観光案内所《ちきゅうかんこうあんないじょ》の警察署《けいさつしょ》ですね。あと、夕暮《ゆうぐ》れ駅前《えきまえ》の銀行《ぎんこう》で振込《ふりこみ》もできますよ」

どうやら異星人《いせいじん》は、ニコの想像《そうぞう》を遙《はる》かに超《こ》えて地球《ちきゅう》に入《はい》り込《こ》んでいるようである。

「で、これは？」

ニコはニャポロを指《ゆび》さした。

「そうでした。宇宙港《うちゅうこう》の駐機場《ちゅうきじょう》に移動《いどう》させないと」

キャットは『ニャンでもできる』をまたポケットから出《だ》してきて、前足《まえあし》で操作《そうさ》した。

ニャポロの機体《きたい》の下《した》についている噴射口《ふんしゃこう》が輝《かがや》き始《はじ》める。

「へえ、『ニャンでもできる』で操縦《そうじゅう》できるんだ？」

ニコはちょっと感心《かんしん》した。

「当然《とうぜん》。天才《てんさい》の発明《はつめい》ですからね～」

キャットは招《まね》き猫《ねこ》のようなポーズを取《と》り、自慢《じまん》げに前足《まえあし》をクイックイッと動《うご》かしてみせたのだが――。

ロケットの噴射《ふんしゃ》で、まわりのレゴリスが吹《ふ》き上《あ》げられ、そばにいたニコたちにも降《ふ》りかかった。

「……レゴリスって精密機械《せいみつきかい》を壊《こわ》すんじゃなかったか？」

不安《ふあん》を覚《おぼ》えて尋《たず》ねるニコの目《め》の前《まえ》で、レゴリスを浴《あ》びた『ニャンでもできる』の画面《がめん》がチカチカし始《はじ》めた。

「そうみたいです」

「そうみたいです、じゃないだろ!?」

『ニャンでもできる』の画面《がめん》が真《ま》っ暗《くら》になった。

ニャポロはいったん月面《げつめん》から浮《う》き上《あ》がったかと思《おも》うと――。

ひっくり返《かえ》って爆発《ばくはつ》した。

真空《しんくう》に近《ちか》いから音《おと》は聞《き》こえなかったけれど、炎《ほのお》に包《つつ》まれたロケットの部品《ぶひん》がニコたちの頭上《ずじょう》に振《ふ》りそそぐ。

「爆発《ばくはつ》したぞ!」

吹《ふ》き飛《と》ぶニャポロを前《まえ》にして、ニコは呆然《ぼうぜん》となる。

「しました……ねえ?」

キャットの瞳《ひとみ》も糸《いと》のように細《ほそ》くなった。

「ねえ、じゃないだろ!　どうやって帰《かえ》るんだよ!?」

ニコはキャットの両肩《りょうかた》をつかんで持《も》ち上《あ》げる。

「さあ？」

キャットは目《め》をそらした。

宇宙服《うちゅうふく》の酸素《さんそ》にも限界《げんかい》がある。

今《いま》すぐ手《て》を打《う》たないとまずいことはすぐに分《わ》かった。

「修理《しゅうり》できるか!?」

最初《さいしょ》にニコが思《おも》いついたのがそれだった。

「これだけバラバラににゃったら無理《むり》」

キャットはきっぱりと答《こた》える。

「さっきのお巡《まわ》りさん、呼《よ》べないか!?」

ニコは詰《つ》め寄《よ》る。

「連絡《れんらく》したくても、ニャンでもできるが壊《こわ》れちゃってますし――」

キャットはヘルメットを左右《さゆう》に振《ふ》った。

「宇宙港《うちゅうこう》に行《い》くのは!?」

「地球人《ちきゅうじん》は立《た》ち入《い》り禁止《きんし》で、もし行《い》ったら記憶《きおく》を消《け》されちゃいますけど？」

（何《なに》か……何《なに》か手《て》があるはずだ、絶対《ぜったい》に！　どんな発明品《はつめいひん》でもいい、思《おも》いつけ！）

ニコは必死《ひっし》に考《かんが》える。

（絶対《ぜったい》に生《い》き残《のこ》る！　でないと、でないとまた――！）

ニコが唇《くちびる》を噛《か》んだその時《とき》。

「非常時《ひじょうじ》のための避難場所《シェルター》はあるんですけどね。前《まえ》に来《き》た時《とき》に、別荘《べっそう》に使《つか》えないかな～って作《つく》ったのが。ここから50キロぐらいの場所《ばしょ》ですが？」

キャットがボソッとつぶやいた。

「それを先《さき》に言《い》えええええっ！」

ニコは思《おも》わずキャットをぶん投《な》げていた。

大気《たいき》が薄《うす》いので、よく飛《と》んだ。

「確《たし》かにシェルターはありますよ」

戻《もど》ってきたキャットはニコに説明《せつめい》した。

「ありますけど、『ニャンでもできる』がないので正確《せいかく》な場所《ばしょ》が分《わ》かりませんし、そこまで酸素《さんそ》がもつかどうか——」

ニコは、残《のこ》りの酸素量《さんそりょう》を示《しめ》すメーターを見《み》た。

メーターによると、タンクに残《のこ》っている酸素《さんそ》は2時間分《じかんぶん》とちょっとだ。

ただ、じっとしている時《とき》と動《うご》いている時《とき》とでは、使《つか》う酸素《さんそ》の量《りょう》が違《ちが》う。

「急《いそ》ごう！」

「ですね」

頷《うなず》き合《あ》うニコとキャットは、シェルターがあるはずの方向《ほうこう》に向《む》かって歩《ある》き出《だ》す。

さっきまで何《なに》もないつまらない場所《ばしょ》に見《み》えた月面《げつめん》は、今《いま》のニコにはとてつもなくきびしい荒野《こうや》に感《かん》じられた。

「ニコ君《くん》、足遅《あしおそ》いですね～」
「そっちこそ！」

ひとりと1匹《ぴき》はゼイゼイ言《い》いながら岩山《いわやま》を飛《と》び越《こ》え、小《ちい》さな谷《たに》、それに直径何《ちょっけいなん》キロもあるクレーターを越《こ》えて進《すす》んでいた。

何度《なんど》か、近《ちか》くに隕石《いんせき》が落《お》ちたところを目撃《もくげき》した。

そのうちのひとつはけっこう巨大《きょだい》で、ニコは月面《げつめん》が揺《ゆ》れるのを感《かん》じたくらいだ。

「ジャンプで進《すす》むから、普通《ふつう》に走《はし》るより楽《らく》だけど——」

体育《たいいく》が得意《とくい》じゃないニコは、息《いき》が上《あ》がっている。

「だらしないですよ、ニコ君《くん》。だからいつもサッカーの試合《しあい》で足《あし》を引《ひ》っ張《ぱ》るんです」

「それとこれとは関係《かんけい》ない！　だいたい、何《なん》でお前《まえ》はこれだけ走《はし》って平気《へいき》な——」

痛《いた》いところを突《つ》かれたニコは、振《ふ》り返《かえ》って気《き》がついた。

キャットが自分《じぶん》では走《はし》らずに、ずっと自分《じぶん》の背中《せなか》にしがみついていたことに。

「さっきから体《からだ》が重《おも》いと思《おも》ったら！　こ、このなまけ猫《ねこ》！」

「いいじゃないですか、私《わたし》の方《ほう》がちっちゃいんだし」

「そういう問題《もんだい》じゃないだろ！」

と、ニコが言《い》い返《かえ》したその時《とき》。

宇宙服《うちゅうふく》の酸素《さんそ》残量《ざんりょう》を示《しめ》すメーターのランプが点滅《てんめつ》を始《はじ》めた。

「って、赤《あか》いランプが光《ひか》り始《はじ》めたぞ！」

「にゃにゃ〜、酸素《さんそ》が残《のこ》り少《すく》なくなったみたいですね」

どうやら、キャットの宇宙服《うちゅうふく》のランプも点滅《てんめつ》しているようだ。

「方向《ほうこう》、本当《ほんとう》にこっちで合《あ》ってるんだろうな？」

ニコは足《あし》を早《はや》め、ほとんど駆《か》け足《あし》になる。

「間違《まちが》ってたら、ごめんなさい」

キャットはペロッと舌《した》を出《だ》す。

「……月《つき》って、観光向《かんこうむ》きじゃない！」

ニコは息《いき》を切《き》らしながら、前《まえ》にも口《くち》にした台詞《せりふ》をくり返《かえ》した。


やがて、正面《しょうめん》にパックリと黒《くろ》い口《くち》を開《ひら》いた大《おお》きな谷《たに》が見《み》えてきた。

「うにゃにゃっ、見覚《みおぼ》えのある場所《ばしょ》に！　ニコ君《くん》、あの下《した》です！」

キャットは前足《まえあし》を谷《たに》に向《む》ける。

「ここからダッシュだ！」

キャットをおんぶしたまま、ニコは谷《たに》に飛《と》び込《こ》んだ。

一気《いっき》に10メートルぐらい飛《と》び降《お》りても、重力《じゅうりょく》が小《ちい》さいので何《なん》ともない。

酸素《さんそ》がほとんどなくなり、気《き》を失《うしな》いそうになるが、休《やす》んでいる時間《じかん》はない。

「あと少《すこ》しだよ！」

キャットが叫《さけ》ぶ。

谷底《たにぞこ》まで下《お》りると、岩陰《いわかげ》に小《ちい》さなドームが見《み》えた。

「あれか!?」

「はいにゃ！」

ドームの前《まえ》にたどり着《つ》くと、キャットがニコの背中《せなか》から飛《と》び降《お》りて、顔《かお》を扉《とびら》に近《ちか》づける。

すると、キャットを確認《かくにん》した扉《とびら》が自然《しぜん》に開《ひら》いた。

扉《とびら》の内側《うちがわ》に飛《と》び込《こ》んだニコは壁《かべ》のスイッチを叩《たた》くように押《お》して外側《そとがわ》の扉《とびら》を閉《と》じ、狭《せま》い室《しつ》内《ない》を空気《くうき》で満《み》たす。

「もうちょっと待《ま》っててくださいね！」

と、キャット。

少《すこ》しして、扉《とびら》の上《うえ》にあるランプの色《いろ》が、赤《あか》から青《あお》に変《か》わった。

ふたり、いや、ひとりと1匹《ぴき》は背中合《せなかあ》わせに座《すわ》り、ヘルメットを取《と》って大《おお》きく息《いき》をする。

「死《し》ぬかと思《おも》った〜」

「ほんとに」

しばらくして、ようやく落《お》ち着《つ》いたニコは、内側《うちがわ》の扉《とびら》を開《ひら》いてシェルターの中《なか》に入《はい》った。

そこはそのまま、SF《エスエフ》映画《えいが》の世界《せかい》。

白《しろ》い壁《かべ》に椅子《いす》やデスク、パネル、何《なに》かのケースのようなものが並《なら》んでいる。

右手《みぎて》には外《そと》が見《み》える窓《まど》があり、反対《はんたい》の壁《かべ》には食料庫《しょくりょうこ》があった。

キャットは宇宙服《うちゅうふく》とヘルメットを脱《ぬ》いでから、食料庫《しょくりょうこ》の扉《とびら》を開《あ》けてネコ缶《かん》を取《と》り出《だ》した。

「前《まえ》に特売《とくばい》でまとめ買《が》いしたネコ缶《かん》が120個《こ》。まあ、しばらくは生《い》き延《の》びられますよ」

「余裕《よゆう》あるよな、お前《まえ》」

ニコも宇宙服《うちゅうふく》を脱《ぬ》ぐと、椅子《いす》に座《すわ》る。

「ニコ君《くん》だって」

キャットはネコ缶《かん》をテーブルに置《お》いてから、ニコのために水《みず》とクラッカーの袋《ふくろ》を出《だ》してくる。

「ロケットが爆発《ばくはつ》しても、全然《ぜんぜん》あきらめなかったし。必死《ひっし》になって、生《い》き延《の》びるためのアイデア出《だ》そうとしたでしょ？」

「普通《ふつう》だろ、それ？」

ニコは肩《かた》をすくめた。

「ううん。普通《ふつう》の地球人《ちきゅうじん》なら、あきらめちゃうようなひどい目《め》にあっても、ニコ君《くん》は絶対《ぜったい》にあきらめない」

キャットはネコ缶《かん》のふたをパコンと開《あ》ける。

「……あきらめる訳《わけ》にはいかないんだよ」

ニコは小《ちい》さくつぶやいた。

「死《し》んだ父《とう》さんと約束《やくそく》したんだ。家族《かぞく》を僕《ぼく》が守《まも》るって。だから、絶対《ぜったい》にあきらめたりしない。どんなことをしても地球《ちきゅう》に帰《かえ》るんだ」

「そんなニコ君《くん》だから、助手《じょしゅ》になってもらったんですよ」

キャットはふみ〜っと笑顔《えがお》を見《み》せる。

「……っと、今《いま》、日本《にほん》は何時頃《なんじごろ》だろ？」

ニコは水《みず》を飲《の》みながら聞《き》いた。

「もう夕方《ゆうがた》だと思《おも》いますよ」

キャットはネコ缶《かん》の中身《なかみ》を食《た》べながら答《こた》える。

「帰《かえ》る方法《ほうほう》を考《かんが》えないとな」

少《すこ》し落《お》ち着《つ》いたニコは言《い》った。

「ここで暮《く》らしながら、鉱石《こうせき》を集《あつ》めて金属《きんぞく》を作《つく》り、それからロケットを作《つく》るのはどうです？」

「時間《じかん》かかりすぎだろ？」

ニコは却下《きゃっか》する。

「7年《ねん》ぐらいかければ、ロケット作《つく》れると思《おも》いますけど」

「あのな、ここにそんなに暮《く》らせるほど食料《しょくりょう》たくわえてあるのか？」

「すぐに食《た》べられるものが4年分《ねんぶん》。あとは種《たね》がありますから、小麦《こむぎ》やほうれん草《そう》を育《そだ》てて

――」

「準備周到《じゅんびしゅうとう》すぎるだろ！」

「あらゆる非常時《ひじょうじ》に備《そな》えておくのが天才発明家《てんさいはつめいか》です」

ネコ缶《かん》を食《た》べ終《お》えたキャットは胸《むね》を張《は》った。

「だったら、ロケットが爆発《ばくはつ》しないように備《そな》えておけよ！」

「うう、それは言《い》わない約束《やくそく》ですよ、ニャハ？」

キャットは目《め》をパチクリさせて可愛《かわい》い子《こ》ぶる。

「何《なに》がニャハだ！」

ニコは頭《あたま》を抱《かか》えた。

「まあまあ、過《す》ぎたことにこだわるのは止《や》めましょう」

キャットはそんなニコの肩《かた》をポンと叩《たた》いた。

「それはこっちが言《い》うべき台詞《せりふ》だろ！　他《ほか》に何《なに》か手《て》はないのか!?」

「そうですね～」

キャットはしばらく考《かんが》え込《こ》んでから、ハッと目《め》を丸《まる》くする。

「………あ。研究所《けんきゅうじょ》の奥《おく》に、救難用《きゅうなんよう》の古《ふる》い宇宙船《うちゅうせん》があったような気《き》が？」

「お前《まえ》はどうして！　大事《だいじ》なことをいつも最後《さいご》に思《おも》い出《だ》すんだ～!?」

ニコはキャットのほっぺたを、思《おも》いっ切《き》り左右《さゆう》に引《ひ》っ張《ぱ》った。

「その宇宙船《うちゅうせん》に救援信号《きゅうえんしんごう》を送《おく》って、自動操縦《じどうそうじゅう》で呼《よ》び寄《よ》せられないのか!?」

「できるとは思《おも》いますけど、ここからじゃ無理《むり》です」

「無理《むり》って、何《なん》で!?」

「ここは月《つき》の裏側《うらがわ》ですからねえ。地球《ちきゅう》に面《めん》した方《ほう》じゃないと、電波《でんぱ》が届《とど》きません」

キャットは説明《せつめい》する。

「地球上《ちきゅうじょう》だと、どこでも電波《でんぱ》って届《とど》くじゃないか？」

「地球《ちきゅう》では、だいたい高《たか》さ50キロから500キロのところに電離層《でんりそう》っていう、電波《でんぱ》を反射《はんしゃ》するものがあるんです。そのおかげで、電波《でんぱ》は跳《は》ね返《かえ》って地球上《ちきゅうじょう》のどこにでも届《とど》きます。けど、その電離層《でんりそう》が月《つき》にはないんですよ」

「つまり、月《つき》の表側《おもてがわ》に行《い》けば、救難信号《きゅうなんしんごう》を送《おく》れるんだな？」

ニコはキャットのほっぺたから手《て》を離《はな》した。

「そゆこと〜」

「だったら、準備《じゅんび》して、さっそく――」

「目指《めざ》すとしますか、月《つき》の表側《おもてがわ》を」

「にゅふふふ〜。ニコ君《くん》もこの発明《はつめい》にはビックリでしょう？」

キャットは時速《じそく》70キロで月面《げつめん》を進《すす》みながら、自慢《じまん》した。

「認《みと》めるよ。珍《めずら》しくまともな発明《はつめい》だって」

ハンドルを握《にぎ》るニコは答《こた》える。

「ニコ君《くん》ってさ、ほんとに失礼《しつれい》だよね？」

今《いま》、キャットとニコが乗《の》っているのは、太陽光発電《たいようこうはつでん》で動《うご》く月面《げつめん》バギー『**ラビット**』。

こんなこともあろうかと、キャットがシェルターに置《お》いていた高速移動車《こうそくいどうしゃ》だ。

「見《み》えた！」

ニコは左手《ひだりて》をハンドルから放《はな》し、前方《ぜんぽう》を指《ゆび》さした。

月平線上《つきへいせんじょう》に昇《のぼ》ってきたのは、青《あお》い地球《ちきゅう》。

ニコはその美《うつく》しさに息《いき》を呑《の》んだ。

「このあたりで大丈夫《だいじょうぶ》だよ！」

キャットがそう言《い》うと、ニコはブレーキをかけてバギーを止《と》めた。

キャットは通信装置《つうしんそうち》を月面《げつめん》に置《お》いて、パラボラ・アンテナを地球《ちきゅう》に向《む》ける。

「救援信号《きゅうえんしんごう》、オン！」

スイッチを入《い》れると、通信装置《つうしんそうち》のランプが光《ひか》り始《はじ》めた。

「電波《でんぱ》、届《とど》くと思《おも》うか？」

ニコは地球《ちきゅう》を見《み》てキャットに聞《き》いた。

「この私《わたし》が作《つく》った通信機《つうしんき》なんだから、信用《しんよう》してよ」

「その誰《だれ》かさんが作《つく》ったロケットが、さっき爆発《ばくはつ》したんだろうが？」

「ふみぃ」

キャットの耳《みみ》がうなだれた。

「ともかく、後《あと》は待《ま》つだけですよ」

「ここで？」

ニコは指《ゆび》を真下《ました》に向《む》ける。

「救難《きゅうなん》ロケットは救助信号《きゅうじょしんごう》が発《はっ》せられた場所《ばしょ》に向《む》かって、つまりここに向《む》かって飛《と》んでくるからね」

「時間《じかん》、だいぶかかるんだろ？　酸素《さんそ》、足《た》りるか？」

「そんなこともあろうかと」

キャットは待《ま》ってましたというようにヒゲをピクピクさせた。

「持《も》ってきました、宇宙空間《うちゅうくうかん》や灼熱《しゃくねつ》のマグマの中《なか》でも使《つか》える万能《ばんのう》テント『**みんなでワイワイ**』！　今度《こんど》は酸素《さんそ》も十分《じゅうぶん》にあるし、食料《しょくりょう》も持《も》ってきてます。2、3日《にち》はシェルターに戻《もど》らなくても平気《へいき》ですから、中《なか》に入《はい》ってトランプでもしましょうよ」

キャットは月面《げつめん》に猫耳《ねこみみ》つきのドーム型《がた》テントを広《ひろ》げた。

「よし！　また勝《か》った！」

ニコはトランプの札《ふだ》をテーブルに広《ひろ》げて宣言《せんげん》した。

「ニコ君《くん》、インチキしてませんか〜？」

キャットは涙目《なみだめ》になり、自分《じぶん》の札《ふだ》を投《な》げ捨《す》てる。

テントに入《はい》ってトランプを始《はじ》め、6時間近《じかんちか》く経《た》っていた。

ここまで、ニコの83勝《しょう》2敗《はい》。

最初《さいしょ》の2回《かい》だけは負《ま》けたけれど、あとはニコの連勝《れんしょう》だ。

「にゃ〜。早《はや》く救難船《きゅうなんせん》が来《き》てくれないと、心《こころ》が折《お》れそうだよ〜」

キャットがトランプを切《き》りながら、泣《な》き言《ごと》を口《くち》にしたその時《とき》。

「待《ま》て、これって!?」

ニコは月面《げつめん》が揺《ゆ》れるのを感《かん》じて、テントの外《そと》に出《で》た。

「救助船《きゅうじょせん》、スペースニャトル『**まっしぐら号**《ごう》』です！」

と、キャット。

ニコたちの10メートルほど先《さき》に、スペースシャトルに似《に》た、飛行機型《ひこうきがた》の宇宙船《うちゅうせん》が着陸《ちゃくりく》していた。

「まっしぐら号《ごう》はできたら使《つか》いたくなかったんですよ。けっこう燃料費《ねんりょうひ》がかかるんで、予《よ》算《さん》オーバーになっちゃいますから」

キャットがニャトルの方《ほう》にジャンプで進《すす》みながらボヤいた。

「けど、これで帰《かえ》れる！」

ニコとしては、スペースシャトルだろうが、ニャトルだろうが、大歓迎《だいかんげい》である。

しかし。

ニコたちが近《ちか》づくと、まっしぐら号《ごう》の側面《そくめん》の扉《とびら》が勝手《かって》に開《あ》いた。

「へ？」

「にゃ？」

ニコとキャットは顔《かお》を見合《みあ》わせる。

自動操縦《じどうそうじゅう》で飛《と》んできたまっしぐら号《ごう》は無人《むじん》のはず。

そのまっしぐら号《ごう》から、宇宙服《うちゅうふく》を着《き》た人間《にんげん》が出《で》てきたのだ。

謎《なぞ》の人物《じんぶつ》はこちらにやってくると、腰《こし》に手《て》を当《あ》てて立《た》ち止《ど》まる。

ニコもキャットも、ヘルメットの中《なか》の顔《かお》には見覚《みおぼ》えがあった。

「埋火《うもれび》!?」

「ど、どうして梨花《りか》ちゃんが〜？」

「どうしても何《なに》も――」

肩《かた》をすくめた埋火梨花《うもれびりか》は、無線《むせん》を通《とお》して答《こた》える。

「ピアノのレッスンの帰《かえ》りに研究所《けんきゅうじょ》の前《まえ》を通《とお》りかかったら、見《み》たことのない宇宙船《うちゅうせん》が地下《ちか》から出《で》てきたの。怪《あや》しいと思《おも》って中《なか》に入《はい》ってみたら、いきなりハッチが開《あ》かなくなって勝手《かって》に飛《と》び立《た》ったのよ。地球《ちきゅう》を離《はな》れる前《まえ》にいちおう、魅瑠《みる》さんにはメッセージ送《おく》っておいたけど」

つまり、梨花《りか》は発射寸前《はっしゃすんぜん》のまっしぐら号《ごう》に乗《の》り込《こ》んで、月《つき》までやってきた、ということである。

「で、どうなっているの？」

今度《こんど》は梨花《りか》がニコに説明《せつめい》を求《もと》めた。

「実《じつ》は――」

ニコはこれまでの出来事《できごと》を梨花《りか》に語《かた》った。

「つまり、あなたたちがバカなことをしでかしたせいで、私《わたし》が巻《ま》き込《こ》まれたのね？」

話《はなし》を聞《き》き終《お》えた梨花《りか》は、静《しず》かに言《い》った。

「その通《とお》りです」

「ごめんにゃさい」

ニコとキャットは、なぜか月面《げつめん》で正座《せいざ》させられていた。

「怒《おこ》るのはあとね。まずは帰《かえ》らないと」

梨花《りか》は意外《いがい》と落《お》ち着《つ》いている。

でも、ニコは知《し》っていた。

こういう時《とき》の梨花《りか》が一番恐《いちばんおそ》ろしいのだ、ということを。

「では、準備《じゅんび》を」

キャットが真《ま》っ先《さき》にまっしぐら号《ごう》に乗《の》り込《こ》み、梨花《りか》とニコが続《つづ》く。

「これ、本当《ほんとう》はふたり乗《の》りなんですけど……燃料《ねんりょう》もつかなあ」

パネルに並《なら》んだスイッチをいじりながら、キャットはつぶやく。

「燃料足《ねんりょうた》りなかったら、キャットを置《お》いてく」

梨花《りか》はあっさりと言《い》った。

「そ、そんな意地悪《いじわる》、ニコ君《くん》はしないよね？　ね、ね、ね？」

冗談《じょうだん》なのか本気《ほんき》なのか分《わ》からず、キャットは必死《ひっし》でニコに訴《うった》える。

「あ～、はいはい」

ニコは適当《てきとう》に聞《き》き流《なが》し、出発《しゅっぱつ》の準備《じゅんび》を始《はじ》める。

機体《きたい》は違《ちが》うけど、地球《ちきゅう》を発《た》つ時《とき》とやることはほとんど同《おな》じなので、特《とく》に困《こま》ることはない。

「地球《ちきゅう》よりも重力《じゅうりょく》が小《ちい》さいので、離陸《りりく》は簡単《かんたん》。目的地《もくてきち》を指示《しじ》すれば、コースはコンピュータが計算《けいさん》してくれるので大丈夫《だいじょうぶ》～。目的地《もくてきち》はっと――」

キャットは画面《がめん》に航空写真《こうくうしゃしん》を出《だ》すと、それを拡大《かくだい》していった。

アジア……日本《にほん》……関東《かんとう》……東京《とうきょう》……23区内《くない》。

夕暮《ゆうぐ》れ商店街《しょうてんがい》が見《み》えてくると、キャットは肉球《にくきゅう》で研究所《けんきゅうじょ》のある空《あ》き地《ち》をタッチした。

「入力完了《にゅうりょくかんりょう》。目的地《もくてきち》、夕暮町《ゆうぐれちょう》」

コンピュータが音声《おんせい》で知《し》らせる。

「はい、これでOK《オーケー》だよ」

「あとは発進《はっしん》するだけか？」

席《せき》がふたつしかないのでニコが右《みぎ》に座《すわ》り、キャットをひざに乗《の》せた。

左《ひだり》には当然《とうぜん》、梨花《りか》が座《すわ》る。

「ではでは〜、快適《かいてき》な旅《たび》を」

キャットが操縦《そうじゅう》レバーを握《にぎ》り、ボタンを押《お》した。

垂直《すいちょく》に離陸《りりく》したニャトルは、まっすぐに地球《ちきゅう》を目指《めざ》した。


スペースニャトルまっしぐら号《ごう》は、月《つき》の引力《いんりょく》を振《ふ》り切《き》るスピードに達《たっ》すると、すぐに亜《あ》空間飛行《くうかんひこう》に移《うつ》った。

亜空間《あくうかん》に入《はい》ると、キャットはまた『ちゃお』——今度《こんど》は別《べつ》の号《ごう》——を読《よ》み始《はじ》め、梨花《りか》はノートと教科書《きょうかしょ》を広《ひろ》げて算数《さんすう》の宿題《しゅくだい》を解《と》き始《はじ》める。

ここまでは不思議《ふしぎ》なくらいに問題《もんだい》なしだ。

（ラマの一件《いっけん》あたりから悪運《あくうん》が続《つづ》いていたけど、もうそろそろ——）

と、ニコが安心《あんしん》しかけたその時《とき》。

「非常事態《ひじょうじたい》！　非常事態《ひじょうじたい》！」

ニャトルの機体《きたい》がガクンと揺《ゆ》れて、まっしぐら号《ごう》のコンピュータが発《はっ》する警告《けいこく》の音声《おんせい》が操縦室内《そうじゅうしつない》に響《ひび》いた。

「何《なに》か当《あ》たった！　今度《こんど》は完全《かんぜん》に当《あ》たった！」

ニコは亜空間《あくうかん》レーダーで、ニャトルと同《おな》じくらいの大《おお》きさのものがぶつかったことを確《かく》認《にん》した。

機内《きない》から空気《くうき》が漏《も》れる、シューシューという音《おと》が聞《き》こえる。

「にゃんでしょね!?　亜空間《あくうかん》のこのあたりには、ぶつかりそうなものはないはずなんですが!?」

ニコもキャットも、この時《とき》はまだ知《し》らなかった。

まっしぐら号《ごう》がぶつかったのが、地球侵略《ちきゅうしんりゃく》を狙《ねら》う悪《あく》の異星人《いせいじん》の宇宙船《うちゅうせん》だったということを。

ニャトルとぶつかった宇宙船《うちゅうせん》はこのあと、地球《ちきゅう》に不時着《ふじちゃく》するのだが、それはまた別《べつ》の話《はなし》である。

「酸素《さんそ》、船外《せんがい》に流出中《りゅうしゅつちゅう》！　酸素《さんそ》、船外《せんがい》に流出中《りゅうしゅつちゅう》！」

コンピュータが告《つ》げる。

「大丈夫《だいじょうぶ》だから」

ニコは梨花《りか》に声《こえ》をかけてから席《せき》を離《はな》れ、空気《くうき》が漏《も》れている場所《ばしょ》を探《さが》した。

エンジンに近《ちか》い部分《ぶぶん》の機体《きたい》に、かなり大《おお》きなひび割《わ》れができているのがすぐに見《み》つかった。

「ニコ君《くん》、これを！」

キャットが投《な》げてよこしたのは、スプレー缶《かん》だった。

プラスチックの泡《あわ》を吹《ふ》きつけて穴《あな》をふさぐ、キャットとしてはまともな発明品《はつめいひん》である。

ニコはまるまるスプレー缶《かん》1本分《ぽんぶん》のプラスチックを吹《ふ》きつけて、何《なん》とかひび割《わ》れをふさいだ。

「ともかく、亜空間《あくうかん》から脱出《だっしゅつ》するよ！」

キャットが操縦《そうじゅう》レバーのボタンを押《お》す。

パネルの上《うえ》の画面《がめん》が、白一色《しろいっしょく》から星空《ほしぞら》へと変《か》わった。

画面《がめん》の下半分《したはんぶん》に、大《おお》きく見《み》えているのが青《あお》い地球《ちきゅう》だ。

「他《ほか》に異常《いじょう》は⁉」

ニコはありったけのスプレー缶《かん》で修理《しゅうり》を続《つづ》けた。

「さっきぶつかった時《とき》に、自動操縦装置《じどうそうじゅうそうち》が壊《こわ》れたみたいです！」

キャットも梨花《りか》に操縦《そうじゅう》レバーを任《まか》せ、パネルのボタンやスイッチを必死《ひっし》でいじっている。

だが。

「何《なに》、今度《こんど》のは⁉」

再《ふた》び、機体《きたい》が大《おお》きく揺《ゆ》れるのを感《かん》じ、梨花《りか》が叫《さけ》んだ。

「おにゃにゃ～！　宇宙《スペース・》ゴミ《デブリ》が一番多《いちばんおお》い場所《ばしょ》に突入《とつにゅう》しちゃったよ！」

キャットの瞳《ひとみ》が糸《いと》のように細《ほそ》くなった。

「危険《きけん》なの⁉」

梨花《りか》は緊張《きんちょう》した声《こえ》で尋《たず》ねる。

「ものすごい速度《そくど》で飛《と》んでますからね！」

「ものすごいって⁉」

「このあたりのデブリだと時速《じそく》2万《まん》7000キロぐらいですから……ライフル銃《じゅう》の弾《たま》の10倍《ばい》ぐらい？」

「小《ちい》さなネジひとつだって、ぶつかればただじゃ済《す》まないわね」

梨花《りか》の顔《かお》が、心《こころ》なしか青《あお》ざめて見《み》える。

「自動操縦《じどうそうじゅう》のままじゃ、ぶつかるってことか？」

空《から》になったスプレー缶《かん》を投《な》げ捨《す》てて、ニコがキャットに確認《かくにん》する。

「ですにゃ！」

と、キャット。

「現在《げんざい》のコースを進《すす》めば本船《ほんせん》は、96・28パーセントの確率《かくりつ》で大破《たいは》します」

コンピュータがよけいなことまで教《おし》えてくれる。

「手動《しゅどう》に切《き》り替《か》える！　埋火《うもれび》、操縦《そうじゅう》こっちに！」

「うん！」

やり方《かた》は知《し》っている。

ニコは梨花《りか》に代《か》わって操縦《そうじゅう》レバーを握《にぎ》った。

「要《よう》はゲームと同《おな》じだろ!?　ゲームなら！」

ニコは機体《きたい》を左右《さゆう》に振《ふ》るように動《うご》かす。

細《こま》かいデブリは避《よ》けきれない。

ニコは大《おお》きなデブリだけを避《よ》け続《つづ》け、まっしぐら号《ごう》を地球《ちきゅう》に向《む》かわせることだけに集中《しゅうちゅう》する。

燃料不足《ねんりょうぶそく》を告《つ》げるランプがさっきから激《はげ》しく点滅《てんめつ》しているが、とりあえずは無視《むし》だ。

「助《たす》けに来《き》たの、後悔《こうかい》してる？」

ニコはチラリと梨花《りか》を見《み》た。

「ニコ。私《わたし》、後悔《こうかい》なんてしたことない」

梨花《りか》は真《ま》っ直《す》ぐにニコを見《み》つめながら、首《くび》を横《よこ》に振《ふ》る。

「おお、さすがですね、ニコ君《くん》！　勉強《べんきょう》はダメでもゲームは得意《とくい》！」

太陽電池《たいようでんち》の破片《はへん》をかわすのを見《み》て、キャットが喜《よろこ》ぶ。

「ホメてない！　それ、ぜっんぜんホメてないだろ！」

ニコは言《い》い返《かえ》しながら気《き》づいていた。

（キャット、君《きみ》は僕《ぼく》があきらめないって言《い》ったけど、あきらめないのはひとりじゃないからだよ。ロケットが爆発《ばくはつ》した時《とき》には、君《きみ》がいた。そして今《いま》は隣《となり》に埋火《うもれび》もいる！　だから！）

ニコは大《おお》きくレバーを倒《たお》し、正面《しょうめん》に迫《せま》る人工衛星《じんこうえいせい》の残骸《ざんがい》をギリギリのところで避《よ》けてみせた。

「船体《せんたい》のダメージ、23パーセント……24パーセント——」

それでも、かわしきれない小《ちい》さなデブリのおかげで、ニャトルはどんどん傷《きず》ついていく。

「これが全部《ぜんぶ》……地球人《ちきゅうじん》がバラまいたゴミだなんて！」

ニコはデブリの数《かず》に圧倒《あっとう》されながらも、操縦《そうじゅう》を続《つづ》ける。

「こっちこっち、こっちですってば！　ああ、そっちじゃなくて……ふみゃ！」

「黙《だま》って」

指図《さしず》しようとするキャットの口《くち》を、梨花《りか》が手《て》でふさいだ。

「キャットって、人《ひと》がゲームやっていると、横《よこ》からのぞき込《こ》んであれこれ言《い》うタイプでしょ？　……キャット？」

梨花《りか》はキャットが白目《しろめ》をむいているのに気《き》がついて、あわてて手《て》を離《はな》した。

「……ごめん。鼻《はな》までふさいでた」

「ぷは〜っ！　梨花《りか》ちゃん、これ、絶対半分《ぜったいはんぶん》わざとでしょ⁉」

キャットは真《ま》っ赤《か》に充血《じゅうけつ》した目《め》で抗議《こうぎ》する。

（デブリの多《おお》い空間《くうかん》を抜《ぬ》けるまで、あと少《すこ》し！）

ニコは翼《つばさ》をぶつけながらも、何《なん》とか一番大《いちばんおお》きなデブリを避《よ》けることに成功《せいこう》した。

すると。

「危険宙域《きけんちゅういき》を脱《だつ》しました。くり返《かえ》します、危険宙域《きけんちゅういき》を脱《だつ》しました。おめでと〜《こんぐらっちぇいしょん！》」

コンピュータが告《つ》げると同時《どうじ》に、チャラララ〜ンという音楽《おんがく》が流《なが》れた。

「……あのさ、このゲームのステージ・クリアみたいな音楽《おんがく》、やめてくれない？」

ニコは全身《ぜんしん》の力《ちから》を抜《ぬ》いて、パネルに額《ひたい》を押《お》しつけた。

「ねえ」

梨花《りか》がニコの肩《かた》に手《て》を置《お》き、画面《がめん》を指《ゆび》さす。

そこに大《おお》きく映《うつ》っていたのは、懐《なつ》かしい青《あお》い星《ほし》だ。

「きれい……一緒《いっしょ》に見《み》られてよかった」

つぶやいた梨花《りか》は、自分《じぶん》を見《み》つめるニコに気《き》がつき、あわてて付《つ》け加《くわ》えた。

「そ、その、キャットと」

「ですよね～」

自動操縦《じどうそうじゅう》の修理《しゅうり》を終《お》えたキャットが、チョコンと梨花《りか》のひざに座《すわ》った。

「それではニコ君《くん》、地球《ちきゅう》へ向《む》かってレッツ・ゴーです」

「了解《りょうかい》」

ニコは答《こた》え、自動操縦《じどうそうじゅう》のスイッチをオンにした。

そして、さすがにこのあとは大《おお》きな事件《じけん》もなく――。


「い、生《い》きて帰《かえ》れた。奇跡《きせき》だ」

まっしぐら号《ごう》が空《あ》き地《ち》に無事《ぶじ》に着陸《ちゃくりく》すると、ニコはやっと全身《ぜんしん》の力《ちから》を抜《ぬ》いた。

「それじゃ、夕暮《ゆうぐ》れ商店街青年会《しょうてんがいせいねんかい》のみなさんに旅行《りょこう》の報告《ほうこく》を～」

キャットが扉《とびら》のところまで行《い》って、スイッチを押《お》した。

ハッチが開《あ》き、地上《ちじょう》までのステップがガチャリと下《お》ろされる。

「体《からだ》が重《おも》い」

最初《さいしょ》に地上《ちじょう》に立《た》った梨花《りか》が顔《かお》をしかめた。

「無重力《むじゅうりょく》から地上《ちじょう》に戻《もど》るとこんな感《かん》じですよ。でも、実際《じっさい》に体重《たいじゅう》が増《ふ》えたりしてる可能性《かのうせい》も――」

キャットは首根《くびね》っこをつかまれ、発言《はつげん》を即座《そくざ》に訂正《ていせい》する。

「――ありませんね、はい」

少《すこ》しすると、ニャトルが着陸《ちゃくりく》したのを見《み》て、近所《きんじょ》の人《ひと》たちが集《あつ》まってきた。

その中《なか》には、もちろん商店街《しょうてんがい》の人《ひと》たちとニコの家族《かぞく》もいる。

「遅《おそ》いよ、ニコ君《くん》。お昼《ひる》ご飯《はん》、無駄《むだ》になっちゃった」

愛浪漫《あろま》が腰《こし》に手《て》を当《あ》てて唇《くちびる》を尖《とが》らせる。

今《いま》は日曜《にちよう》の夜《よる》。

確《たし》かにランチタイムはとっくに終《お》わっている。

「お土産《みやげ》は！　月見団子《つきみだんご》とか!?」

という、慕香《もか》の発言《はつげん》はとりあえず無視《むし》だ。

「無事《ぶじ》に帰《かえ》れたみたいで安心《あんしん》したよ」

と、ホッとした顔《かお》を見《み》せるのは奥田《おくだ》さん。

「けどよ、どうして行《い》きと帰《かえ》りで違《ちが》うロケットに乗《の》ってんだ？　それにニコのガールフレンド、行《い》きには乗《の》ってなかったろ？」

大塚《おおつか》のおじさんの方《ほう》は首《くび》をひねった。

「別《べつ》にガールフレンドじゃないから」

梨花《りか》が大塚《おおつか》のおじさんをにらむ。

「それがちょっと問題《もんだい》があって――」

と、正直《しょうじき》に説明《せつめい》しようとするニコを、キャットが強引《ごういん》に止《と》めた。

「ち、ちょっとしたハプニングですよ！　まあ、それも旅《たび》の楽《たの》しみってやつで！　ほらほら、景色《けしき》のいい場所《ばしょ》も見《み》つけてきましたし」

キャットはまっしぐら号《ごう》の中《なか》から撮影《さつえい》した月《つき》と地球《ちきゅう》の写真《しゃしん》を見《み》せ、気《き》をそらせようとする。

「へえ〜」

「こりゃなかなか……」

奥田《おくだ》さんと大塚《おおつか》さんは、写真《しゃしん》を見《み》て息《いき》を呑《の》む。

「ど〜ですこの楽《たの》しい月旅行《つきりょこう》!? ぜひ、商店街《しょうてんがい》の福引《ふくび》きの景品《けいひん》に——」

と、キャットが宣伝《せんでん》を続《つづ》けている途中《とちゅう》で。

大《おお》きな音《おと》を立《た》てて、スペース・ニャトルまっしぐら号《ごう》が爆発《ばくはつ》した。

「にゃはははは……あれは途中《とちゅう》で謎《なぞ》の飛行体《ひこうたい》にぶつかったせいで——」

キャットはヒゲを爪《つめ》でこすってごまかそうとするが——。

「……却下《きゃっか》だ」

「ごめんね」

大塚《おおつか》のおじさんと奥田《おくだ》さんは、同時《どうじ》に首《くび》を横《よこ》に振《ふ》った。

「ああ〜、ネコ缶《かん》バーベキュー味《あじ》が〜!」

キャットは前足《まえあし》を地面《じめん》について涙目《なみだめ》になる。

「当然《とうぜん》ね」

梨花《りか》は容赦《ようしゃ》なかった。

で、結局《けっきょく》。

『夕暮《ゆうぐ》れ商店街大感謝《しょうてんがいだいかんしゃ》セール』、その福引《ふくび》きの一等賞《いっとうしょう》は、「東北一周《とうほくいっしゅう》ペア旅行券《りょこうけん》」に決《き》まったのであった。

invention.007

ニャポロ13号《ごう》

月《つき》と地球《ちきゅう》の間《あいだ》を
飛《と》ぶだけのためのロケット。
操縦《そうじゅう》も簡単《かんたん》で、椅子《いす》の座《すわ》り心地《ごこち》も良《よ》く、
キャットの発明《はつめい》にしてはとてもまともだ。

invention.008

まっしぐら号《ごう》

救助船《きゅうじょせん》のスペースニャトル。
けっこう燃費《ねんぴ》がかかるので、
一回使《いっかいつか》うだけで
予算《よさん》オーバーになっちゃうぞ。

（今回《こんかい》の収入《しゅうにゅう》）

−5万《まん》8340円《えん》（駐車違反《ちゅうしゃいはん》の罰金《ばっきん》）

（ラッキー・マシン完成《かんせい》までの予算《よさん》 残《のこ》り）

1174万《まん》8308円《えん》

発明《はつめい》ナンバー

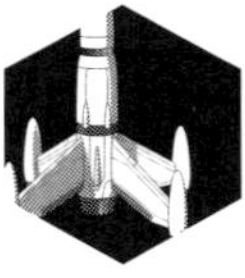

2号《ごう》

invention no.2

【博士《はかせ》の心配《しんぱい》】

金曜日《きんようび》の夕方《ゆうがた》。

「ねえ、せっかくだから、これ、あなたたちで使《つか》っちゃわない？」

ニコの母《はは》の魅瑠《みる》が、お店《みせ》のテーブルで宿題《しゅくだい》をしているニコと梨花《りか》の前《まえ》に、長四角《ながしかく》の形《かたち》をした3枚《まい》の券《チケット》を置《お》いた。

「これって――崩落園遊園地《ほうらくえんゆうえんち》の招待券《しょうたいけん》？」

ニコは券《チケット》を手《て》に取《と》る。

「ニャンと、遊園地《ゆうえんち》〜っ！」

それまでニコの隣《となり》で居眠《いねむ》りをしていたキャットが、身《み》を乗《の》り出《だ》して瞳《ひとみ》を輝《かがや》かせた。

「このあいだ当《あ》てちゃったんだけど、商店街《しょうてんがい》の福引《ふくび》きの2等賞《とうしょう》なのよ。ここの商店街《しょうてんがい》にしては張《は》り込《こ》んだみたいだけど、商店街《しょうてんがい》の人間《にんげん》が当《あ》てでどうするのって話《はなし》よねえ？」

苦笑《くしょう》する魅瑠《みる》はくじ運《うん》が強《つよ》く、宝《たから》くじも何度《なんど》か当《あ》てたことがある。運《うん》が悪《わる》いニコの母親《ははおや》とは、とても思《おも》えない人《ひと》なのである。

「愛浪漫《あろま》は勉強会《べんきょうかい》、慕香《もか》は部活《ぶかつ》があるっていうし、あなたたちで行《い》ってきたらと思《おも》って」

魅瑠《みる》は続《つづ》けた。

「崩落園遊園地《ほうらくえんゆうえんち》、ですか？」

梨花《りか》は宿題《しゅくだい》の手《て》を止《と》めたが、あまり関心《かんしん》はないようだ。

「だよなあ。せめて千葉《ちば》のファンタジー・ランドなら、もっとワクワクするんだけど」

ニコも梨花《りか》と同意見《どういけん》である。

地下鉄《ちかてつ》の崩落園遊園地前駅《ほうらくえんゆうえんちまええき》までは、夕暮町駅《ゆうぐれちょうえき》から乗《の》り換《か》え1回《かい》、だいたい30分《ぷん》で到着《とうちゃく》。

何《なん》だか近《ちか》すぎて、あんまりありがたみがない。

さあ、遊園地《ゆうえんち》に来《き》たぞ、という気分《きぶん》にはなかなかなれない場所《ばしょ》なのだ。

「じゃ、行《い》かないんだ？」

機嫌《きげん》をそこねた振《ふ》りをして、魅瑠《みる》はニコたちから招待券《しょうたいけん》を取《と》り返《かえ》そうとする。

「行《い》くよ！　行《い》きますって！」

ニコはあわてて券《チケット》をノートに挟《はさ》んだ。

「3枚《まい》あるから、慧君《けいくん》も誘《さそ》ったら？」

魅瑠《みる》は提案《ていあん》する。

「え～、私《わたし》は～っ⁉」

キャットは右《みぎ》の前足《まえあし》で自分《じぶん》を指《ゆび》さした。

「銀河君《ぎんがくん》連《つ》れてったら、私《わたし》の分《ぶん》の招待券《しょうたいけん》がなくなっちゃうよ～」

「そもそも猫《ねこ》は招待券《しょうたいけん》、使《つか》えないんじゃないか？」

と、ニコ。

「うん、ペット禁止《きんし》」

梨花《りか》は、招待券《しょうたいけん》の裏《うら》に書《か》いてある注意書《ちゅういが》きを読《よ》んで確《たし》かめる。

「そ、そんにゃ～！」

キャットはガックリと肩《かた》を落《お》とす。

「ていうか、行《い》きたいの？」

梨花《りか》が問《と》いかけの視線《しせん》をキャットに向《む》けた。

「行《い》きたいですよ！　私《わたし》はこの前《まえ》、この商店街《しょうてんがい》のために月旅行《つきりょこう》まで準備《じゅんび》したんですよ！　少《すこ》しぐらい楽《たの》しませてもらってもいいでしょ⁉」

「でも、遭難《そうなん》したよね？」

梨花《りか》は容赦《ようしゃ》なく指摘《してき》する。

「……そのあたりは記憶《きおく》にございません」

キャットは目《め》を細《ほそ》めると、前足《まえあし》をなめて毛《け》づくろいを始《はじ》めた。

「ま、ともかく慧《けい》に連絡《れんらく》してみるかな？」

ニコはスマートフォンを取《と》り出《だ》して、慧《けい》の番号《ばんごう》にかけた。


その頃《ころ》。

夕食《ゆうしょく》の買《か》い物《もの》を終《お》えた悪《あく》の科学者《かがくしゃ》ドクターK9《ケイナイン》は、夕暮《ゆうぐ》れ商店街《しょうてんがい》の『正月館書店《しょうがつかんしょてん》』に入《はい》り、熱心《ねっしん》に読書《どくしょ》にふけっていた。

「いい年《とし》して怪獣図鑑《かいじゅうずかん》を立《た》ち読《よ》みしてんじゃない！　恥《は》ずかしいな！」

両手《りょうて》にレジ袋《ぶくろ》を提《さ》げた慧《けい》が——あまり認《みと》めたくないのだけど——父親《ちちおや》であるK9《ケイナイン》に注意《ちゅうい》する。

「慧《けい》くん、立《た》ち読《よ》みじゃないんだ。これは研究《けんきゅう》だよ、新《あたら》しいロボットのデザインをだね——」

「いいや、立《た》ち読《よ》みだね」

ハタキを持《も》ったおじさんがやってきて、ドクターK9《ケイナイン》の頭《あたま》をパタパタと叩《はた》いた。

「こ、こ、これは友《とも》だちのわたる君《くん》、久《ひさ》しぶりじゃないか？」

振《ふ》り返《かえ》ったドクターK9《ケイナイン》は愛想笑《あいそわら》いで乗《の》り切《き》ろうとする。

実《じつ》は、正月館書店《しょうがつかんしょてん》の主人《しゅじん》は、小学校《しょうがっこう》、中学校《ちゅうがっこう》と、ドクターK9《ケイナイン》の同級生《どうきゅうせい》だったのだ。

「久《ひさ》しぶりじゃないだろ？　毎日《まいにち》立《た》ち読《よ》みに来《き》てるくせに」

「いやいや。わたる君《くん》、悪《あく》の発明《はつめい》にはお金《かね》がかかるんだよ。本《ほん》を買《か》うお金《かね》があるくらいなら、こんな小《ちい》さな本屋《ほんや》になど来《く》るものか」

K9《ケイナイン》は言《い》い訳《わけ》にならない言《い》い訳《わけ》をする。

「……お前《まえ》、本気《ほんき》で追《お》い出《だ》すぞ？」

主人《しゅじん》が腰《こし》に手《て》を当《あ》て、K9《ケイナイン》をにらんだその時《とき》。

慧《けい》のスマートフォンが、着信音《ちゃくしんおん》を奏《かな》でた。

「あ、ニコか？」

慧《けい》はＫ９《ケイナイン》を放《ほう》っておいて電話《でんわ》に出《で》る。

「……ああ……ＯＫ《オーケー》…うん……もちろん……駅前《えきまえ》だな？　じゃあ、明日《あした》」

ニコとの話《はなし》を終《お》えると、慧《けい》はＫ９《ケイナイン》に向《む》かって言《い》った。

「ニコから遊園地《ゆうえんち》に誘《さそ》われた。行《い》っていいだろ？」

「ほう、遊園地《ゆうえんち》かね？　いや〜、懐《なつ》かしい。慧《けい》くん、覚《おぼ》えているかね？　アンジーとエリザベス、それに私《わたし》と慧《けい》くん。家族《かぞく》４人《にん》でほら、よく行《い》ったじゃないか？」

Ｋ９《ケイナイン》は慧《けい》の肩《かた》に手《て》を置《お》く。

「だから！　妻《つま》と娘《むすめ》の名前《なまえ》を忘《わす》れるんじゃない！」

慧《けい》は父《ちち》の手《て》を振《ふ》り解《ほど》いた。

「ともかく、遊園地《ゆうえんち》に行《い》くからな、明日《あした》！」

「明日《あした》？　ずいぶん急《きゅう》な話《はなし》だね？」

「明日《あした》なら、埋火《うもれび》もピアノのレッスンが休《やす》みだし、ニコも家《いえ》の手伝《てつだ》いしなくていいし、み

んなの都合《つごう》がいいんだよ」

「ふむ……」

Ｋ９《ケイナイン》はあごに手《て》を当《あ》てて考《かんが》え込《こ》む。

「となると、付《つ》き添《そ》いの大人《おとな》が必要《ひつよう》じゃないかね？　たとえば、そう、この私《わたし》のような！」

「お断《ことわ》り。近《ちか》いんだし、保護者《ほごしゃ》はいらないから」

慧《けい》は即答《そくとう》し、さらに念《ねん》を押《お》した。

「絶対《ぜったい》に、ついてくるなよな？」

「どうしても？」

「どうしても」

「むむ〜、仕方《しかた》ないね。慧《けい》くんがそんなに嫌《いや》がるのなら、ついていかないよ」

「誓《ちか》うか？」

慧《けい》はじ〜っとＫ９《ケイナイン》を見《み》る。

「誓《ちか》って」

Ｋ９《ケイナイン》は右手《みぎて》を挙《あ》げた。

「……よし」

慧《けい》は安心《あんしん》し、家《いえ》に帰《かえ》ってさっそく明日《あした》の準備《じゅんび》をすることにした。

しかし。

「くくく……、ついていかなければいいんだよね。そう、ついていかなければ」

後《うし》ろを歩《ある》くＫ９《ケイナイン》が怪《あや》しい笑《え》みを浮《う》かべていることに、慧《けい》は気《き》づいていなかった。

そして翌日《よくじつ》。

夕暮駅前《ゆうぐれえきまえ》で待《ま》ち合《あ》わせたニコとキャット、梨花《りか》と慧《けい》は開園時間《かいえんじかん》ちょうどに崩落園遊園地《ほうらくえんゆうえんち》に到着《とうちゃく》していた。

ニコと慧《けい》はまあ、いつものスタイルだが、今日《きょう》の梨花《りか》はちょっとおしゃれモード。

少《すこ》しばかり肌寒《はだざむ》いこともあり、ショートコートにマフラー姿《すがた》だ。

ちなみに補助犬《ほじょけん》を除《のぞ》く動物《どうぶつ》は入園《にゅうえん》できないので、キャットは梨花《りか》のリュックの中《なか》におとなしく収《おさ》まっている。

「それじゃまず、何《なに》に乗《の》ろっか？」

ニコは梨《り》花《か》と慧《けい》に聞《き》いた。

「近《ちか》くのからでいいじゃん」

慧《けい》がそう言《い》って回転絶叫《かいてんぜっきょう》ジェットコースター『気絶《きぜつ》』の方《ほう》に歩《ある》き出《だ》す。

「却下《きゃっか》」

梨《り》花《か》が慧《けい》の腕《うで》をつかみ、首《くび》を横《よこ》に振《ふ》る。

「ここまでの電車賃《でんしゃちん》を無駄《むだ》にしないように、しっかりと計画《けいかく》を立《た》てて、閉園時間《へいえんじかん》まで遊《あそ》べるようにしないと駄目《だめ》でしょ？　面白《おもしろ》そうなものは最後《さいご》の方《ほう》に取《と》っておくの」

「って、埋火《うもれび》がリーダーなわけ？」

学級委員《がっきゅういいん》の発言《はつげん》に、慧《けい》は不服《ふふく》そうな顔《かお》をした。

「ええ。私《わたし》が一番年上《いちばんとしうえ》だもの」

梨《り》花《か》は当然《とうぜん》のことのように頷《うなず》く。

梨《り》花《か》は名前《なまえ》の通《とお》り、梨《なし》の花《はな》が咲《さ》く4月生《がつう》まれ。

ちなみに慧《けい》は7月《がつ》、ニコは9月《がつ》の生《う》まれだ。

「あの〜、私《わたし》はいつまでリュックに入《はい》っていれば？」

梨花《りか》の背中《せなか》のリュックの中《なか》から声《こえ》がした。

「……忘《わす》れてた」

梨花《りか》はリュックを近《ちか》くのベンチに下《お》ろして、ふたを開《あ》けた。

飛《と》び出《だ》してきた。

「く、苦《くる》しかった〜！」

キャットは深呼吸《しんこきゅう》する。

どうしても遊園地《ゆうえんち》に行《い》きたいと駄々《だだ》をこねるものだから、梨花《りか》が仕方《しかた》なく隠《かく》して連《つ》れ込《こ》んだのだ。

「私《わたし》が抱《かか》えてあげるから、ヌイグルミの振《ふ》りをして動《うご》かないようにね」

梨花《りか》はキャットを抱《だ》き上《あ》げる。

「ニコ君《くん》、うらやましいでしょ？」

キャットは頬《ほお》をゆるませてニコを見《み》た。

「別《べつ》に」

ニコはキャットをにらむと、園内《えんない》のマップを広《ひろ》げる梨花《りか》に尋《たず》ねる。

「で、結局何《けっきょくなに》に乗《の》るんだ？」

「あれね」

と、梨花《りか》が指《ゆび》さした先《さき》にあったのは、グルグルと回《まわ》るコーヒーカップだった。どこの遊《ゆう》園地《えんち》にもある定番《ていばん》のアトラクションだ。

「この時間《じかん》、すいているみたいだし」

「確《たし》かにすいてるけど、やっぱ『気絶《きぜつ》』の方《ほう》が――」

という慧《けい》の意見《いけん》を無視《むし》し、梨花《りか》はコーヒーカップへと向《む》かう。

顔《かお》を見合《みあ》わせた慧《けい》とニコは、ついていくしかなかった。


「これ、ずっと回《まわ》っているだけ？」

グルグルと回《まわ》るコーヒーカップに乗《の》って、最初《さいしょ》に不満《ふまん》の声《こえ》を上《あ》げたのはキャットだった。

「コーヒーカップってそういうものだから」

と、反論《はんろん》した梨花《りか》も、顔《かお》をしかめて口元《くちもと》に手《て》を当《あ》てる。

「でも、確《たし》かに退屈《たいくつ》だし……、酔《よ》いそう」

「大丈夫《だいじょうぶ》？」

ニコは声《こえ》をかけて、水《みず》のペットボトルと酔《よ》い止《ど》めの薬《くすり》を梨花《りか》に渡《わた》す。ちなみにこの酔《よ》い止《ど》めの薬《くすり》は、姉《あね》の愛浪漫《あろま》が持《も》たせてくれたものだ。

「これで喜《よろこ》ぶのは低学年《ていがくねん》だよなあ」

梨花《りか》が薬《くすり》を飲《の》むのを見守《みまも》りながら、ニコはつぶやく。

「ひとり、高学年《こうがくねん》でも喜《よろこ》んでいるけど」

梨花《りか》のひざの上《うえ》のキャットが、右《みぎ》の前足《まえあし》を慧《けい》の方《ほう》に向《む》けた。

「回《まわ》せ回《まわ》せ～！」

ニコの真正面《ましょうめん》に座《すわ》る慧《けい》は、カップを全力《ぜんりょく》で回転《かいてん》させている。

「最初《さいしょ》、嫌《いや》がってたくせに」

と、呆《あき》れるニコ。

「……これではしゃげるなんて、普段《ふだん》、よっぽどストレスがたまってるのね」

梨花《りか》も慧《けい》に哀《あわ》れみの目《め》を向《む》ける。

「もう耐《た》えられません！」

キャットは梨花《りか》のひざから飛《と》び降《お》りると、白衣《はくい》のポケットから小《ちい》さな装置《そうち》を取《と》り出《だ》して
コーヒーカップの中心《ちゅうしん》に置《お》いた。

ダルマみたいな形《かたち》だが、頭《あたま》が猫《ねこ》っぽく、べ～ッと舌《した》を出《だ》している。

「みやさか、これを使《つか》う羽目《はめ》になるとは」

「何《なん》だよ、それ？」

そう尋《たず》ねたニコはもう、悪《わる》い予感《よかん》しかしない。

「遊園地《ゆうえんち》を楽《たの》しくする発明《はつめい》セット、パート1《ワン》！　ヴァーチャル・リアリティ発生装置《はっせいそうち》『**まあ、だまされたと思《おも》って**』です！」

「相変《あいか》わらず、ネーミングのセンス、最悪《さいあく》ね」

梨花《りか》は素直《すなお》すぎる感想《かんそう》を述《の》べる。

「ヴァーチャル・リアリティって何《なん》だっけ？」

どこかで聞《き》いたことのあるような言葉《ことば》に、ニコは首《くび》をひねった。

「仮想現実《かそうげんじつ》。そこにないものを、あるように感《かん》じさせること」

と、説明《せつめい》してくれたのは梨花《りか》だった。

「その通《とお》り！　この発明《はつめい》は脳波《のうは》に作用《さよう》して、つくりものを本物《ほんもの》に思《おも》わせることができるんだよ！　これを使《つか》えばヌイグルミのクマがまるで恐《おそ》ろしいヒグマのように、ゲームの戦闘《せんとう》シーンだと本当《ほんとう》に撃《う》たれたり斬《き》られたりするように感《かん》じられるんです！　だから、スイッチを入《い》れると――」

キャットは『まあ、だまされたと思《おも》って』の舌《した》を引《ひ》っ張《ぱ》った。

すると――。

「うわっ！」

ニコたちは、胸《むね》のあたりまで茶色《ちゃいろ》い液体《えきたい》に浸《つ》かっていた。

コーヒー専門店《せんもんてん》の息子《むすこ》だから、間違《まちが》えるはずがない。

この匂《にお》い、この温《あたた》かさ。

これはミルクがたっぷり入《はい》ったコーヒーだ。

「ほら、本当《ほんとう》のコーヒーカップの中《なか》に入《はい》ってるみたいでしょ？」

キャットは得意《とくい》げにヒゲを動《うご》かした。

「うわっ！　これ、コーヒーか!?」

驚《おどろ》いた慧《けい》が、自分《じぶん》たちが浸《つ》かっているコーヒーをすくい上《あ》げて口《くち》に運《はこ》ぶ。

「味《あじ》もするぞ！」

「飲《の》むなよ！」

いちおうニコは注意《ちゅうい》しておく。

「大丈夫《だいじょうぶ》。飲《の》んだ気《き》になるだけですから」

梨花《りか》の肩《かた》に乗《の》るキャットは言《い》った。

「ちなみにこのコーヒー、ラ・プティット・シャットのカフェ・オ・レの味《あじ》と香《かお》りを再現《さいげん》しています」

「服《ふく》がビショビショになっているように感《かん》じられるのも、気《き》のせいでしょうね？　でなかったら──」

梨花《りか》がキャットをにらむ。

「だ、大丈夫《だいじょうぶ》ですったら！」

そう答《こた》えるキャットは、冷《ひ》や汗《あせ》を浮《う》かべている。

「で？」

ニコは質問《しつもん》した。

「これで楽《たの》しくなったか？」

「……楽《たの》しくなってません？」

キャットは瞳《ひとみ》をキラキラさせてニコを見《み》つめ返《かえ》す。

ニコは問答無用《もんどうむよう》でキャットの白衣《はくい》の袖《そで》を引《ひ》っ張《ぱ》った。

「みぎゃあっ！」

キャットはコーヒーの中《なか》にジャボッと落《お》っこちる。

「……コーヒーカップには二度《にど》と乗《の》らない」

梨花《りか》は宣言《せんげん》したが、ニコはまったく同感《どうかん》だった。


さて、同《おな》じ頃《ころ》。

慧《けい》を送《おく》り出《だ》したドクターK9《ケイナイン》は、自宅《じたく》の地下《ちか》にある秘密研究所《ひみつけんきゅうじょ》で高笑《たかわら》いしていた。

「確《たし》かに私《わたし》はついていかないと誓《ちか》った！　だが、慧《けい》くん！　君《きみ》はまだ知《し》らない！　上着《うわぎ》の襟《えり》のところに、この私《わたし》の見事《みごと》な悪《あく》の発明品《はつめいひん》、超盗聴装置《ちょうとうちょうそうち》**『聞《き》こえちゃったんだからしょうがないよね』**が取《と》り付《つ》けられていることを！　そう！　君《きみ》の行動《こうどう》はもうパパに筒抜《つつぬ》けなのさ！」

今《いま》、K９《ケイナイン》の前《まえ》には、液晶《えきしょう》の大画面《だいがめん》とメーターやスイッチが並《なら》んだパネルがあった。スイッチのひとつを入《い》れると、『聞《き》こえちゃったんだからしょうがないよね』が作動《さどう》して、スピーカーから慧《けい》やニコたちの会話《かいわ》が聞《き》こえてくる。

〈気持《きも》ち悪《わる》い。まだ服《ふく》からコーヒーの匂《にお》いがするわ〉

〈スイッチを切《き》りましたからしませんよ！　そう感《かん》じるように電波《でんぱ》を送《おく》ってただけなんですから！〉

〈ま、楽《たの》しかったからいいじゃん！〉

〈そう思《おも》ってるのは慧《けい》だけだろ？〉

〈うう〜、私《わたし》の味方《みかた》は銀河君《ぎんがくん》だけです〜〉

「むむっ、今《いま》のは我《わ》がライバル、キャットの声《こえ》！　慧《けい》くん、ひどいじゃないか！　私《わたし》を置《お》いてきぼりにして、キャットなんかと遊《あそ》ぶなんて！」

Ｋ９《ケイナイン》は悔《くや》しそうにワナワナと手《て》を震《ふる》わせていたが、やがて新《あたら》しい悪《あく》の計画《けいかく》を思《おも》いついたのか、キラリと目《め》を輝《かがや》かせた。

「これは、何《なに》か作戦《さくせん》を立《た》てなくてはいけないだろうねえ？」

一方《いっぽう》、崩落園《ほうらくえん》では——。

「メリーゴーラウンド？」

「冗談《じょうだん》だろ？」

梨花《りか》が次《つぎ》に乗《の》るアトラクションに向《む》かうのを見《み》て、ニコと慧《けい》は顔《かお》を見合《みあ》わせていた。

メリーゴーラウンドは派手《はで》な馬《うま》や馬車《ばしゃ》に乗《の》り、グルグル回《まわ》るだけのアトラクション。低《てい》学年《がくねん》の女《おんな》の子《こ》の乗《の》るものという印象《いんしょう》がニコにはあったのだ。

「埋火《うもれび》って、こういう子供《こども》っぽいの嫌《きら》いかと思《おも》ってた」

「別《べつ》に好《す》きじゃないけど、写真撮《しゃしんと》るのにいいでしょ？」

梨花《りか》は肩《かた》をすくめると、スマートフォンをニコに渡《わた》した。

「回《まわ》ってきたら、撮《と》って」

「はいはい」

別《べつ》に嫌《いや》がるようなことでもないので、ニコが素直《すなお》に従《したが》うと、梨花《りか》は派手《はで》な馬車《ばしゃ》に乗《の》り込《こ》んだ。

「梨花《りか》ちゃん、私《わたし》も〜」

キャットはちゃっかりとメリーゴーラウンドに乗《の》り込《こ》んで梨花《りか》のひざに座《すわ》る。

「けど、男子《だんし》はああいうの乗《の》りにくいよな――って？」

ニコは慧《けい》に話《はな》しかけようと振《ふ》り返《かえ》ったが、そこに親友《しんゆう》の姿《すがた》はなかった。

「ニコ〜、こっちも撮《と》ってくれ〜！」

慧《けい》は白馬《はくば》にまたがって、ニコに向《む》かって手《て》を振《ふ》っている。

「こ、この裏切《うらぎ》り者《もの》！」

ニコは仕方《しかた》なくメリーゴーラウンドが回《まわ》っている間《あいだ》、シャッターを切《き》り続《つづ》けていた。

メリーゴーラウンドを降《お》りたニコたち——ニコだけ乗《の》っていないけれど——が向《む》かったのは、ミラー・ハウス。

つまり鏡《かがみ》の壁《かべ》の迷路《めいろ》だった。

「ええっと、何《なん》でこれを選《えら》んだのかな？」

ピエロの人形《にんぎょう》が立《た》っている入《い》り口《ぐち》まで来《き》たところで、ニコはいちおう梨花《りか》に聞《き》いてみた。

「グルグル回《まわ》るのが続《つづ》いたから」

梨花《りか》はそう答《こた》えてから提案《ていあん》する。

「全員《ぜんいん》で一度《いちど》に入《はい》っても面白《おもしろ》くないから、ふた組《くみ》に分《わ》かれましょう」

「となると、競争《きょうそう》だな？　じゃあ、俺《おれ》と——」

競争《きょうそう》や勝負《しょうぶ》となると燃《も》えるのが、慧《けい》である。

「キャットね」

梨花《りか》は慧《けい》にキャットを押《お》しつけた。

「私《わたし》と二子玉川君《にこたまがわくん》は、１分後《ぷんご》に追《お》いかけるから。お先《さき》にどうぞ」

「よし！　キャット、タイム計《はか》れよ！」

慧《けい》はキャットを肩《かた》に乗《の》せるとミラー・ハウスに駆《か》け込《こ》んでいった。

一瞬後《いっしゅんご》。

グワ〜ンという大《おお》きな音《おと》が、外《そと》にいるニコたちのところまで聞《き》こえてきた。

「早《はや》くもぶつかったな、慧《けい》」

ニコは小《ちい》さくため息《いき》をつく。

「ミラー・ハウスで走《はし》るのは禁止《きんし》。反省会《はんせいかい》ものね」

梨花《りか》はフンと鼻《はな》を鳴《な》らした。

「……あのさ」

ニコは梨花《りか》に尋《たず》ねる。

「何《なに》？」

時計《とけい》で時間《じかん》を確《たし》かめようとしていた梨花《りか》は、視線《しせん》をニコに向《む》けた。

「この組《く》み合《あ》わせでよかったのか？」

「嫌《いや》だった？」

「そうじゃないけど」

「……」

「…………」

何《なん》だか気《き》まずい。

「あ、1分《ぷん》」

梨花《りか》が時計《とけい》を見《み》て気《き》がつくと、ニコはホッとした。

「じゃあ、行《い》こ」

並《なら》んでミラー・ハウスに入《はい》る時《とき》にふたりの手《て》がほんの少《すこ》し触《ふ》れ合《あ》って、梨花《りか》が珍《めずら》しく顔《かお》を赤《あか》くした。

でも、ニコはわざと気《き》づかないような振《ふ》りをした。


「くっ、もう3分《ぷん》経《た》ってる。あいつらに追《お》いつかれるぞ」

「梨花《りか》ちゃん、何《なん》だか自信《じしん》がありそうだったものね〜」

行《い》き止《ど》まりにぶつかること15回《かい》。

慧《けい》とキャットは早《はや》くも迷《まよ》っていた。

「何《なん》とかして、ニコと埋火《うもれび》に追《お》いつかれないようにしないとな」

慧《けい》は焦《あせ》りの表情《ひょうじょう》を浮《う》かべる。

「にゅふふふ。となるとやっぱり、私《わたし》の天才発明《てんさいはつめい》の登場《とうじょう》ですね」

キャットはニマ〜ッと笑《わら》いながら、小《ちい》さな猫《ねこ》のヌイグルミを取《と》り出《だ》した。

しっぽが紫《むらさき》で、泣《な》き顔《がお》のような表情《ひょうじょう》がちょっと怖《こわ》い。

頭《あたま》のてっぺんにアンテナのようなものがついているが、これが何《なに》かのスイッチになっているようである。

「何《なん》だそれ？」

慧《けい》が尋《たず》ねた。

「これこそが、空間《くうかん》ねじ曲《ま》げ装置《そうち》『**迷子《まいご》の迷子《まいご》の子猫《こねこ》ちゃん**』！　スイッチを入《い》れたとたんに、建物《たてもの》の中《なか》の空間《くうかん》と空間《くうかん》をでたらめにつなげて、簡単《かんたん》には出口《でぐち》に着《つ》けなくするんです」

「よっしゃ！　これで勝利確定《しょうりかくてい》！」

慧《けい》は『迷子《まいご》の迷子《まいご》の子猫《こねこ》ちゃん』をキャットから取《と》り上《あ》げ、スイッチをオンにした。

「みぎゃあああっ！　私《わたし》たちがまだ中《なか》にいるのに使《つか》ってどうするんです⁉　今《いま》やこのミラ

ー・ハウスは、もとの1万倍《まんばい》の広《ひろ》さになっちゃっていますよ！」

キャットは全身《ぜんしん》の毛《け》を逆立《さかだ》てる。

「1万倍《まんばい》って！　簡単《かんたん》に出《で》られるどころか、生《い》きて外《そと》に出《で》られるかどうかの問題《もんだい》だろ⁉

スイッチを切《き》れ、スイッチを――って、スイッチどこだ⁉」

「探《さが》しても無駄《むだ》です。『迷子《まいご》の迷子《まいご》の子猫《こねこ》ちゃん』は、スイッチが入《はい》ると建物《たてもの》の外《そと》に瞬間《しゅんかん》
移動《いどう》してしまうんです！」

「ともかく、出口《でぐち》を探《さが》すぞ！」

「それしかありませんね」

慧《けい》とキャットはとりあえずミラー・ハウスの中《なか》を駆《か》けずり回《まわ》ることにした。


しばらくして。

「えっと……慧《けい》たち、遅《おそ》いよね？」

「そうね」

ニコと梨花《りか》はミラー・ハウスの出口《でぐち》のところで、慧《けい》たちを待《ま》っていた。

実《じつ》は。

空間《くうかん》ねじ曲《ま》げ装置《そうち》『迷子《まいご》の迷子《まいご》の子猫《こねこ》ちゃん』のスイッチが入《い》れられた時《とき》には、ニコと梨花《りか》はとっくにミラー・ハウスを抜《ぬ》け出《だ》していたのである。

「右手《みぎて》を壁《かべ》から外《はず》さずに移動《いどう》すれば、どんな迷路《めいろ》だって抜《ぬ》け出《だ》せるのに」

ニコは前《まえ》に姉《あね》の愛浪漫《あろま》と来《き》た時《とき》に簡単《かんたん》に迷路《めいろ》から抜《ぬ》け出《だ》す方法《ほうほう》を教《おそ》わっていた。

今回《こんかい》、そのおかげで3分《ぷん》ちょっとでミラー・ハウスからの脱出《だっしゅつ》に成功《せいこう》したのだ。

とはいえ――。

「もう少《すこ》し迷《まよ》って楽《たの》しまないと、損《そん》をした感《かん》じがするわ」

梨花《りか》はちょっと不満《ふまん》そうである。

「けど、いくら何《なん》でも遅《おそ》すぎじゃないか？」

「どんなに迷《まよ》ったとしても、10分《ぷん》もあれば出《で》てこられるはずよ」

ニコたちがミラー・ハウスの出口《でぐち》にたどり着《つ》いてから、もう20分《ぷん》が経《た》とうとしていた。

「考《かんが》えられることはただひとつ――」

梨花《りか》が眉《まゆ》をひそめる。

「キャットが何《なに》かやらかした、だよね？」

ニコも頷《うなず》いた。

「助《たす》けに行《い》くわよ、銀河君《ぎんがくん》を」

「賛成《さんせい》」

ふたりはもう一度《いちど》、ミラー・ハウスの入《い》り口《ぐち》に向《む》かった。


そして、1時間後《じかんご》。

「キャット〜ッ！　慧《けい》〜っ！」

ニコと梨花《りか》は、キャットたちを発見《はっけん》できずにいた。

「見《み》つからないわね」

梨花《りか》はもう半分《はんぶん》あきらめたようにちょっと足《あし》を止《と》め、鏡《かがみ》の壁《かべ》に自分《じぶん》の顔《かお》を映《うつ》して髪《かみ》を直《なお》してから、また歩《ある》き出《だ》す。

「声《こえ》、聞《き》こえないのかしら？　そんなに広《ひろ》くないはずなんだけど？」

「いや、僕《ぼく》らが入《はい》ってた時《とき》よりも、このミラー・ハウス、広《ひろ》くなってるよ。でなきゃ、もう出口《でぐち》のはずだしさ」

ニコは首《くび》を横《よこ》に振《ふ》る。

「さっき通《とお》った道《みち》を覚《おぼ》えてるの？」

梨花《りか》はニコの顔《かお》を見《み》る。

「まあ、何《なん》とか」

ニコは頷《うなず》いた。

「それだけ記憶力《きおくりょく》があるのなら、もっといい成績《せいせき》が取《と》れそうなものだけど？」

梨花《りか》はちょっととがめるような口調《くちょう》になる。

「そりゃあ、埋火《うもれび》はいいよな。オール5で」

ニコの成績《せいせき》はごく普通《ふつう》。理科《りか》と算数《さんすう》がちょっとよくて、体育《たいいく》はあまりよくない。

「……オール5じゃない」

梨花《りか》は小《ちい》さな声《こえ》で訂正《ていせい》した。

「え？」

「だから、1学期《がっき》、オール5じゃなかったの。家庭科《かていか》が……その、3だったから」

「ああ」

ニコは納得《なっとく》した。

梨花《りか》の料理《りょうり》の腕《うで》は、キャットの下手《へた》な発明《はつめい》よりも破壊的《はかいてき》なのだ。

同《おな》じ家《いえ》で暮《く》らすニコは、何度《なんど》もその被害《ひがい》にあっている。

「二子玉川君《にこたまがわくん》、何《なに》か言《い》いたいことが？」

梨花《りか》は振《ふ》り返《かえ》り、冷《つめ》たい視線《しせん》をニコに向《む》けた。

「ああっと。とにかくあいつらを見《み》つけないと」

ニコはあわてて話題《わだい》を変《か》える。

「そうね」

梨花《りか》も頷《うなず》いた。

「でも、二重遭難《にじゅうそうなん》にならないようにしないと」

「二重遭難《にじゅうそうなん》？」

「救助《きゅうじょ》に向《む》かった者《もの》が遭難《そうなん》する。これを二重遭難《にじゅうそうなん》というの」

梨花《りか》はニコの前《まえ》を進《すす》みながら説明《せつめい》する。

「じゃあさ……その」

はぐれない方法《ほうほう》はすぐに思《おも》いついたが、ニコは切《き》り出《だ》せなかった。

普段《ふだん》、家《いえ》で一緒《いっしょ》にいる時《とき》はあまり気《き》にしたことがないのだけれど、こんなところでふたりきりになるとなぜか緊張《きんちょう》してしまうのだ。

「何《なに》？」

梨花《りか》がまた振《ふ》り返《かえ》って尋《たず》ねる。

「こうするのは？」

ニコはありったけの勇気《ゆうき》を振《ふ》り絞《しぼ》って手《て》を伸《の》ばし、梨花《りか》の手《て》を握《にぎ》った。

「……そ、そうね。これなら、バラバラにならないし」

梨花《りか》は顔《かお》を伏《ふ》せたが、ニコの手《て》を振《ふ》り解《ほど》こうとはしなかった。

「じゃあ、あっちに」

「こっちに……！」

ふたりはそれぞれ別《べつ》の方向《ほうこう》に向《む》かおうとして、ぶつかりそうになる。

「…………ええっと」

「な、何《なに》？」

梨花《りか》の顔《かお》が、すぐ目《め》の前《まえ》にあった。

ニコの頭《あたま》は真《ま》っ白《しろ》になる。

だが、その時《とき》。

――助《たす》けて～。

という声《こえ》が遠《とお》くから聞《き》こえてきた。

間違《まちが》いない、キャットの声《こえ》だ。

「……あっちね」

梨花《りか》はため息《いき》をついて、声《こえ》がした方《ほう》に向《む》かって歩《ある》き出《だ》した。

結局《けっきょく》その後《ご》。

慧《けい》とキャットを発見《はっけん》し、非常口《ひじょうぐち》から外《そと》に出《で》るまでさらに1時間近《じかんちか》くかかった。

「ミラー・ハウスで2時間《じかん》。ものすご～く予定《よてい》がくるったわ」

梨花《りか》は冷《ひ》ややかな目《め》を、慧《けい》とキャットに向《む》けていた。

「その割《わり》にはニコ君《くん》とふたりきりで楽《たの》しそうだっ――ごめんにゃさい、何《なん》でもにゃいです」

キャットは身《み》の危険《きけん》を感《かん》じて口《くち》を閉《と》じる。

４人《にん》が今《いま》いるのは、遊園地《ゆうえんち》の中心《ちゅうしん》にある広場《ひろば》。

午後《ごご》1時《じ》近《ちか》くになったので、みんなでお昼《ひる》ご飯《はん》にすることにしたのだ。

「おにゃ〜。銀河君《ぎんがくん》は、サンドウィッチとコロッケにフライドチキンですか？」

慧《けい》がテーブルに置《お》いた包《つつ》みの中身《なかみ》を見《み》て、キャットが言《い》った。

ちなみに、キャットのランチ・メニューはネコ缶《かん》クリームシチュー味《あじ》だ。

「コンビニで買《か》ったやつだよ。面倒《めんどう》くさかったから」

銀河家《ぎんがけ》では、父《ちち》のドクターＫ９《ケイナイン》が料理下手《りょうりべた》なので、慧《けい》が主《おも》に料理《りょうり》を作《つく》っている。

でも、今日《きょう》は朝《あさ》からドクターＫ９《ケイナイン》が秘密基地《ひみつきち》にこもっていて出《で》てくる気配《けはい》がなかったので、手抜《てぬ》きをしたのだ。

「ニコ君《くん》のは豪華《ごうか》ですね〜？　愛浪漫《あろま》ちゃんに作《つく》ってもらったんですか？」

キャットは次《つぎ》に、ニコが広《ひろ》げた弁当《べんとう》に目《め》を向《む》けた。

鮭《さけ》とツナマヨのおにぎりに、卵焼《たまごや》きとマカロニサラダ、アスパラの肉巻《にくま》き、プチトマトというメニューだ。

「慕香姉《もかねえ》だよ。今日《きょう》も部活《ぶかつ》があるっていうから、一緒《いっしょ》に作《つく》ってもらった」

ニコは答《こた》える。

二子玉川家《にこたまがわけ》の人間《にんげん》は——ニコを含《ふく》めて——みんな料理《りょうり》が上手《じょうず》だ。一番《いちばん》がさつに見《み》える中《ちゅう》学生《がくせい》の慕香《もか》でさえも、おにぎりは見事《みごと》なくらいにきれいに握《にぎ》ることができるのだ。

「そのおにぎりと卵焼《たまごや》き！　俺《おれ》のコロッケと取《と》っ替《か》えて！」

慧《けい》が身《み》を乗《の》り出《だ》した。

「フライドチキンとなら」

ニコはちょっと考《かんが》えてから答《こた》える。

「よし！　契約成立《けいやくせいりつ》！」

慧《けい》はフライドチキンをニコに渡《わた》すと、おにぎりと卵焼《たまごや》きを大事《だいじ》そうに受《う》け取《と》った。

「私《わたし》のも手作《てづく》り。良《よ》かったら、少《すこ》しどうぞ」

梨花《りか》が自分《じぶん》の小《ちい》さな弁当箱《べんとうばこ》をニコに差《さ》し出《だ》す。

今朝早《けさはや》く起《お》きて作《つく》っていた、彩《いろど》りが鮮《あざ》やかなチキンライスのお弁当《べんとう》である。

「あ、ありがと――」

もちろん、梨花《りか》の料理《りょうり》の腕《うで》はよく知《し》っている。

でも、せっかくくれるというのに、断《ことわ》れば機嫌《きげん》を悪《わる》くする。

料理《りょうり》でお腹《なか》を壊《こわ》すのと、機嫌《きげん》を悪《わる》くされるのと、どっちがマシかと聞《き》かれたら――。

(もちろん前者《ぜんしゃ》)

お腹《なか》を壊《こわ》しても、医者《いしゃ》に行《い》って学校《がっこう》を休《やす》めばそれで済《す》むが、梨花《りか》が不機嫌《ふきげん》になったら一緒《いっしょ》にいるのはかなりキツい。

そう考《かんが》えて究極《きゅうきょく》の決断《けつだん》を下《くだ》したニコが、おそるおそるフォークを伸《の》ばしかけたところで。

「ニコ!」

慧《けい》が真剣《しんけん》な顔《かお》になって止《と》めた。

「命《いのち》を大事《だいじ》に――」

最後《さいご》まで言《い》わせず、梨花《りか》のキックが慧《けい》の足《あし》に決《き》まった。

慧《けい》は肩《かた》を震《ふる》わせて、地面《じめん》にくずおれる。

「さあ、二子玉川君《にこたまがわくん》」

梨花《りか》はフライドポテトを指《ゆび》でつまみ、ニコの口元《くちもと》に持《も》ってくる。

(ポテトなら市販《しはん》の冷凍食品《れいとうしょくひん》を揚《あ》げただけなんだから、そんなにまずくはないはず)

ニコはそう自分《じぶん》に言《い》い聞《き》かせた。

そして、パクッとフライドポテトを食《た》べた瞬間《しゅんかん》。

「…………!」

ニコも肩《かた》を震《ふる》わせて、地面《じめん》にくずおれていた。

「ふたりとも、失礼《しつれい》よ」

梨花《りか》はプイッと横《よこ》を向《む》き、チキンライスを口《くち》に運《はこ》んだが——。

「!」

梨花《りか》も肩《かた》を震《ふる》わせて、地面《じめん》にくずおれるのであった。

ランチのショック(キャットを除《のぞ》く)から何《なん》とか立《た》ち直《なお》ったニコたちは——。ホラー・

アトラクション『地獄《じごく》の廃病院《はいびょういん》』という看板《かんばん》があるアトラクションの前《まえ》に来《き》ていた。

戦争中《せんそうちゅう》、空襲《くうしゅう》にあって、多《おお》くの患者《かんじゃ》や医者《いしゃ》、看護人《かんごにん》を巻《ま》き込《こ》んで燃《も》え尽《つ》きた『多々理総《たたりそう》合病院《ごうびょういん》』。そこには今《いま》も死霊《しりょう》やゾンビがあふれ、遊《あそ》び半分《はんぶん》で足《あし》を踏《ふ》み入《い》れた者《もの》たちを恐怖《きょうふ》に引《ひ》きずり込《こ》んでいる……。

看板《かんばん》の横《よこ》には、おどろおどろしい文字《もじ》でそう書《か》いてある。

「こういう細《こま》かい設定《せってい》はいらないんだけど？」

梨花《りか》がそれを見《み》て顔《かお》をしかめる。

「怖《こわ》いの？」

ニコは梨花《りか》に聞《き》いた。

「別《べつ》に怖《こわ》くなんか――ヒィイイイーッ！」

キャットがこっそりと背中《せなか》に回《まわ》り、足《あし》をツンツンと爪《つめ》でつっつくと、梨花《りか》は悲鳴《ひめい》を上《あ》げてヘナヘナと座《すわ》り込《こ》んだ。

日頃《ひごろ》、世《よ》の中《なか》に怖《こわ》いものなんかないという感《かん》じの梨花《りか》がこんな表情《ひょうじょう》を見《み》せるなんて、ちょっと意外《いがい》である。

「こ、この！」

梨花《りか》の反撃《はんげき》は、見事《みごと》なまでの回《まわ》し蹴《げ》り。

「みぎゃ～っ！」

キャットは空《そら》にアーチを描《えが》き、20メートルほど先《さき》にあるゴミ箱《ばこ》まで飛《と》んでいった。

「とにかく――」

梨花《りか》は気《き》を取《と》り直《なお》し、こぶしをぐっと握《にぎ》りしめる。

「ここを素通《すどお》りしたら、崩落園《ほうらくえん》を楽《たの》しみ尽《つ》くしたことにはならないわ。何《なに》があろうと、絶《ぜっ》対《たい》に入《はい》るから」

「そこまで覚悟《かくご》を決《き》めること？」

ニコはホラー系《けい》のものは結構平気《けっこうへいき》である。

姉《あね》の愛浪漫《あろま》がホラー映画《えいが》が大好《だいす》きで、ニコも小《ちい》さい頃《ころ》から――嫌《いや》がっても――山《やま》ほど見《み》せられた。

そのせいもあって、たいていのお化《ば》け屋敷《やしき》では驚《おどろ》かなくなっているのだ。

「キャット」

梨花《りか》はゴミ箱《ばこ》から戻《もど》ってきたキャットをクルリと振《ふ》り返《かえ》り、さわやかな笑顔《えがお》を向《む》けた。

「さっきのヴァーチャル・リアリティ発生装置《はっせいそうち》だけど――」

「にゃ、『まあ、だまされたと思《おも》って』ですね？　ここでも使《つか》っちゃいます？　これを使《つか》えば、怖《こわ》さ倍増間違《ばいぞうまちが》いなし！」

キャットはさっそく、白衣《はくい》のポケットから『まあ、だまされたと思《おも》って』を取《と》り出《だ》そうとする。

「ここで使《つか》ったら、棺桶《かんおけ》に入《い》れて釘《くぎ》を打《う》って、ロープで縛《しば》って神田川《かんだがわ》に流《なが》す」

梨花《りか》は笑顔《えがお》のまま、しっかりと釘《くぎ》を刺《さ》した。

「絶対《ぜったい》に使《つか》いません」

キャットは背筋《せすじ》をピッと伸《の》ばし、『まあ、だまされたと思《おも》って』をしまった。

「あのさ、埋火《うもれび》。ここは時間《じかん》が余《あま》ったらってことでいいんじゃないか？」

と、強《こわ》ばった顔《かお》で提案《ていあん》したのは慧《けい》。

ニコは知《し》っているが、実《じつ》は慧《けい》もホラーが苦手《にがて》な人《ひと》である。

夜《よる》になると、近所《きんじょ》の墓地《ぼち》をひとりで通《とお》ることができないくらい、お化《ば》けや幽霊《ゆうれい》が怖《こわ》いのだ。

「慧《けい》の言《い》うとおり、あと回《まわ》しにしてもいいんじゃないか？」

無駄《むだ》だとは思《おも》いつつも、ニコも聞《き》いてみる。

「行《い》くと決《き》めたら、行《い》くの」

やっぱり無駄《むだ》。

梨花《りか》はあくまでも強情《ごうじょう》だった。

「では、いざ乗《の》り込《こ》まん！　地獄《じごく》の廃病院《はいびょういん》へ！」

ニコの肩《かた》に乗《の》っかったキャットは、勇《いさ》ましく宣言《せんげん》する。

「分《わ》かったよ。入《はい》ろう」

ニコは仕方《しかた》なく、入《い》り口《ぐち》に向《む》かった。

そして、20分後《ぷんご》。

地獄《じごく》の廃病院《はいびょういん》を後《あと》にしたニコは、右《みぎ》から慧《けい》、左《ひだり》から梨花《りか》、さらに首《くび》をキャットに抱《だ》きつかれていた。

「ニコ君《くん》〜、にゃんで平気《へいき》な顔《かお》しているんですよ〜？」

そう尋《たず》ねてくるキャットの顔《かお》は、もう涙《なみだ》やらなにやらでグチャグチャである。

「怖《こわ》がってるヒマなかったよ！　怖《こわ》いのはお前《まえ》たちだよ！」

ニコは思《おも》わず声《こえ》を荒《あら》らげる。

不気味《ぶきみ》な音楽《おんがく》や、すごい特殊《とくしゅ》メイク、凝《こ》りに凝《こ》ったセットも楽《たの》しむどころではない。

アトラクションの中《なか》では、ゾンビや幽霊《ゆうれい》が、慧《けい》や梨花《りか》、キャットの悲鳴《ひめい》に逆《ぎゃく》に驚《おどろ》いていた。

梨花《りか》にいたっては、普段《ふだん》、他《ほか》の人《ひと》がいるところでは「二子玉川君《にこたまがわくん》」としか呼《よ》ばないのに、「ニコ〜！」と叫《さけ》ぶ始末《しまつ》。

恥《は》ずかしいにもほどがある。

「白状《はくじょう》する！　俺《おれ》、ホラー系《けい》って駄目《だめ》なんだ！」

しがみついたまま、慧《けい》は震《ふる》えていた。

「知《し》ってるよ、1年《ねん》の時《とき》から！」

「もう終《お》わった？」

肩《かた》で息《いき》をしながらそう尋《たず》ねる梨花《りか》は、どうやら途中《とちゅう》からず～っと目《め》をつむっていたらしい。

「もう外《そと》だって！　明《あか》るいから分《わ》かるだろ！」

まるで押《お》しくら饅頭《まんじゅう》のようにひとかたまりになっているニコたちを見《み》て、通《とお》りすがりの人《ひと》たちがクスクスと笑《わら》う。

「お前《まえ》たち全員《ぜんいん》！　今後《こんご》ホラー系《けい》は禁止《きんし》！」

ニコは言《い》い渡《わた》す。

「はい」

「はい」

「にゃ」

ふたりと1匹《ぴき》は、シュンとなって頷《うなず》いた。

「よぉし、復活《ふっかつ》！」

地獄《じごく》の廃病院《はいびょういん》が見《み》えないところまで来《き》て、サイダーを飲《の》んだら、慧《けい》はころっと元気《げんき》を回復《かいふく》していた。

今《いま》は２時《じ》。

みんなはいったん休憩《きゅうけい》を取《と》って、これから回転絶叫《かいてんぜっきょう》ジェットコースター『気絶《きぜつ》』に乗《の》るところだ。

『気絶《きぜつ》』は人気《にんき》のアトラクションだから列《れつ》ができていて、30分《ぷん》ほど待《ま》たされそうである。

「身長《しんちょう》1メートル未満《みまん》のお子《こ》さまはご遠慮《えんりょ》ください。小動物《しょうどうぶつ》は駄目《だめ》みたいね」

注意書《ちゅういが》きを読《よ》んだ梨花《りか》が、キャットの方《ほう》を見《み》た。

「え～っ！　乗《の》りたい乗《の》りたい乗《の》りたい乗《の》りたい乗《の》りたい乗《の》りたい乗《の》りたい乗《の》りたい乗《の》りたい乗《の》りたい乗《の》りたい乗《の》りたい乗《の》りたい乗《の》りたい、ジェットコースター乗《の》りたい！」

キャットは駄々《だだ》をこねる。

「しょうがないな。キャット、一緒《いっしょ》に乗《の》ろうぜ。動《うご》かなきゃ、ひざに乗《の》せててもヌイグルミだと思《おも》うだろうし」

慧《けい》が笑《わら》い、キャットを抱《かか》え上《あ》げた。

「慧君《けいくん》、やっさし〜！　うちの助手《じょしゅ》と比《くら》べてやさしさ200パーセント増《ま》しだよ」

キャットはニコと梨花《りか》に向《む》かってベエ〜と舌《した》を出《だ》す。

「……地獄《じごく》の廃病院《はいびょういん》」

ちょっとムカッとしたニコは、呪文《じゅもん》のように唱《とな》えた。

「みぎゃあああああっ！」

キャットは全身《ぜんしん》の毛《け》を逆立《さかだ》てて震《ふる》え上《あ》がる。

（これ、しばらく使《つか》えそうだな）

と、ニコは一瞬《いっしゅん》、思《おも》ったものの——。

（やっぱ、駄目《だめ》だ）

慧《けい》と梨花《りか》までもがしゃがみ込《こ》み、耳《みみ》を両手《りょうて》でふさいでいた。


さて同《おな》じ頃《ころ》。

銀河家《ぎんがけ》の地下《ちか》にある秘密基地《ひみつきち》では——。

ドクターK9《ケイナイン》が『聞《き》こえちゃったんだからしょうがないよね』を使《つか》い、慧《けい》の行動《こうどう》を何《なに》から何《なに》まで聞《き》いていた。

「むむっ！　ここまでは止《と》められていたので我慢《がまん》してきたが、慧《けい》くんを危険極《きけんきわ》まりないジェットコースターに乗《の》せるなんて、断《だん》じて許《ゆる》すことはできないよ！　何《なん》としても阻止《そし》せねば！」

ドクターK9《ケイナイン》はこぶしを握《にぎ》りしめ、椅子《いす》を蹴《け》るようにして立《た》ち上《あ》がる。

「こうなったら！　このメカにご登場願《とうじょうねが》おうじゃないか！」

そう言《い》い放《はな》ったK9《ケイナイン》は、目《め》の前《まえ》のパネルに並《なら》ぶスイッチのひとつを入《い》れた。

数秒後《すうびょうご》、低《ひく》いモーターの音《おと》が聞《き》こえてきて、後《うし》ろにあるハッチがゆっくりと開《ひら》き始《はじ》める。

その奥《おく》から姿《すがた》を現《あらわ》したのは、巨大《きょだい》なロボットだ。

「出《い》でよ、ボディガード・ロボ『**アルマ次郎**《じろう》』！」

「ヘイヘイッ、呼《よ》んだか〜い？」

K9《ケイナイン》の前《まえ》に進《すす》み出《で》たロボットは、まるでアルマジロのような姿《すがた》をしていた。

全長《ぜんちょう》が少《すく》なくとも15メートルはある、という点《てん》を除《のぞ》けばだが。

「おおっ、アルマ次郎《じろう》！　うちの可愛《かわい》い息子《むすこ》の慧《けい》くんが大《だい》ピンチなんだ！　ちょっと崩落《ほうらく》園遊園地《えんゆうえんち》まで行《い》って、守《まも》ってやってくれ」

「オーケー、ボス！　ボディガードの対象《たいしょう》を、銀河慧《ぎんがけい》の名前《なまえ》で登録《とうろく》するぜ！」

ロボットの声《こえ》が、秘密《ひみつ》の研究所《けんきゅうじょ》に響《ひび》きわたった。

と同時《どうじ》に、強化《きょうか》ガラスでできたその目《め》に慧《けい》の姿《すがた》が映《うつ》し出《だ》される。

「さあ行《い》け、アルマ次郎《じろう》！　慧《けい》くんをあらゆる敵《てき》から、そして、あらゆる危険《きけん》から守《まも》るのだ！」

ドクターＫ９《ケイナイン》は、特別合金製《とくべつごうきんせい》の扉《とびら》を開《ひら》いた。

扉《とびら》の向《む》こうは、銀河家《ぎんがけ》の前《まえ》の道路《どうろ》である。

「オーケー、ボス。何《なに》があろうと、お前《まえ》さんのプリチー・ボーイを守《まも》ってみせるぜ！」

アルマ次郎《じろう》はＫ９《ケイナイン》にウインクすると、秘密《ひみつ》の研究所《けんきゅうじょ》を飛《と》び出《だ》していった。

「やっと順番《じゅんばん》が来《き》たぞ！」

戻《もど》ってくるジェットコースターを見《み》て、慧《けい》が顔《かお》を輝《かがや》かせた。

ニコたちはちょうどこれから、ジェットコースター『気絶《きぜつ》』に乗《の》り込《こ》むところなのである。

梨花《りか》はスマートフォンを準備《じゅんび》する。

「写真撮《しゃしんと》らないと」

「にゃ～！　実《じつ》はジェットコースターは初《はじ》めてなんですよ！」

と、キャットもはしゃいでいる。

だが、その時《とき》。

「お客様《きゃくさま》に、ご案内申《あんないもう》し上《あ》げます」

突然《とつぜん》、園内《えんない》にアナウンスが流《なが》れた。

「都合《つごう》により、今《いま》から園内《えんない》のアトラクションはすべて中止《ちゅうし》とさせていただきます。お客様《きゃくさま》は係員《かかりいん》の指示《しじ》に従《したが》って速《すみ》やかに園《えん》の外《そと》に避難《ひなん》してください。くり返《かえ》します、お客様《きゃくさま》は係員《かかりいん》の指示《しじ》に従《したが》って――」

「そんな～、やっと順番《じゅんばん》が来《き》たのに」

と、ガッカリする慧《けい》。

「キャット、また何《なに》かした？」

梨花《りか》が真《ま》っ先《さき》に疑《うたが》いの目《め》を向《む》けたのはキャットである。

「にゅ〜、私《わたし》じゃありませんったら！」

キャットは首《くび》を横《よこ》に振《ふ》った。

「ああ。原因《げんいん》はたぶん、あれだ」

あたりを見回《みまわ》したニコが指《ゆび》さしたのは、崩落園《ほうらくえん》の真《ま》ん中《なか》にある広場《ひろば》。

その中心《ちゅうしん》にいる、1体《たい》の巨大《きょだい》ロボだった。

「キャット！」

「はいにゃ！」

ニコとキャットは視線《しせん》を交《か》わすと、駆《か》け足《あし》で広場《ひろば》に向《む》かう。

梨花《りか》と慧《けい》もそのあとに続《つづ》いた。

広場《ひろば》に到着《とうちゃく》すると、アルマジロ型《がた》巨大《きょだい》ロボットは慧《けい》を発見《はっけん》して声《こえ》をかけてきた。

「おお、プリチー・ボーイか⁉　お前《まえ》さんを守《まも》りに来《き》たぜ！」

「プリチー・ボーイって……まさか銀河君《ぎんがくん》のこと？」

梨花《りか》は聞《き》いてはいけないことを耳《みみ》にしてしまったような顔《かお》になる。

「その通《とお》り！　俺様《おれさま》こそ、そのプリチー・ボーイを守《まも》る完璧《かんぺき》ボディガード・ロボ『アルマ次郎《じろう》』だ！」

アルマ次郎《じろう》はポーズを取《と》って宣言《せんげん》する。

「ということは、あれはドクターK9《ケイナイン》の発明《はつめい》ですね。なるほど、この間《あいだ》のドラゴン型《がた》ロボットと違《ちが》って、今度《こんど》は人工知能《じんこうちのう》で動《うご》くタイプですか」

キャットとニコは、前《まえ》にドクターK9《ケイナイン》が作《つく》ったロボットと戦《たたか》ったことがある。

というか、実際《じっさい》に戦《たたか》ったのはニコだけだったけれど。

「ドクターK9《ケイナイン》の発明《はつめい》なら、プリチー・ボーイ本人《ほんにん》が何《なん》とかするべきね」

梨花《りか》の冷《ひ》ややかな目《め》が慧《けい》に向《む》けられる。

「いや、だからドクターK9《ケイナイン》なんて、知《し》らないおじさんだって言《い》ってるだろ！」

慧《けい》は他人《たにん》の振《ふ》りをしたいようだが、今《いま》さら無駄《むだ》である。

ドクターＫ９《ケイナイン》が慧《けい》の父《ちち》であることを知《し》らない者《もの》は、少《すく》なくとも夕暮町《ゆうぐれちょう》にはいないのだ。

「さあ、プリチー・ボーイ！」

アルマ次郎《じろう》はいきなり短《みじか》い前足《まえあし》を伸《の》ばし、慧《けい》をつかんだ。

「わ〜っ！」

不意《ふい》を突《つ》かれた慧《けい》の体《からだ》は、軽々《かるがる》と持《も》ち上《あ》げられる。

「ここに入《はい》っててもらおうか？」

アルマ次郎《じろう》は口《くち》を大《おお》きく開《あ》けると、慧《けい》をパクリと飲《の》み込《こ》んだ。

「慧《けい》！」

ニコは慧《けい》を助《たす》けようと駆《か》け寄《よ》るが――。

「おっと！　俺様《おれさま》に触《ふ》れちゃいけねえよ」

アルマ次郎《じろう》は後《うし》ろを向《む》き、短《みじか》いしっぽでニコを弾《はじ》き飛《と》ばした。

「お前《まえ》、何《なに》するんだ!?」

アルマ次郎《じろう》ののどの奥《おく》の方《ほう》から、慧《けい》の声《こえ》が聞《き》こえた。

どうやら、無事《ぶじ》のようである。

「くそっ！　こっから出《だ》せ！」

慧《けい》は叫《さけ》んだ。

バンバンという音《おと》はたぶん、慧《けい》が内側《うちがわ》からアルマ次郎《じろう》を蹴《け》っている音《おと》だ。

「ヘイヘイ、プリチー・ボーイ！　ここにいりゃ、お前《まえ》さんはママの腕《うで》の中《なか》にいるより安《あん》全《ぜん》だぜ」

アルマ次郎《じろう》はお腹《なか》の中《なか》の慧《けい》と会話《かいわ》する。

「銀河君《ぎんがくん》をどうするつもり？」

梨花《りか》がニコを助《たす》け起《お》こしながらアルマ次郎《じろう》に尋《たず》ねた。

「俺《おれ》の任務《にんむ》はただひと〜つ！　プリチー・ボーイを守《まも》り、危険《きけん》なものをすべて、ぶっ壊《こわ》すことだ！」

アルマ次郎《じろう》は宣言《せんげん》する。

「いや、それだとふたつでしょ？」

と、キャットが突《つ》っ込《こ》む。

「ここは遊園地《ゆうえんち》よ。危険《きけん》なものなんて――」

梨花《りか》が言《い》いかけたその時《とき》。

「フライング・アイアン・ボディ・アタ〜ック！」

アルマ次郎《じろう》は回転《かいてん》しながら、そばにあったクレープの屋台《やたい》に体当《たいあ》たりした。

「何《なん》でクレープの屋台《やたい》を？」

「ええっと……そうだ！　甘《あま》いものの食《た》べすぎは、体《からだ》によくないだろうが？　虫歯《むしば》にだってなるし」

どうやらアルマ次郎《じろう》の人工知能《じんこうちのう》は、取《と》りあえず壊《こわ》しておいて、あとから理由《りゆう》を考《かんが》えるようにできているらしい。

「ニコ君《くん》、この調子《ちょうし》だとあいつ、あたりのものをすべて破壊《はかい》しちゃうよ」

「まだ乗《の》ってないアトラクションだってあるのに」

キャットと梨花《りか》がニコを見《み》る。

「とにかく、慧《けい》を助《たす》けないと」

ニコは立《た》ち上《あ》がった。

しっぽで弾《はじ》き飛《と》ばされた時《とき》に足首《あしくび》をひねったけど、今《いま》は痛《いた》がっている場合《ばあい》ではない。

「無理《むり》しないで」

ちょっとよろけたニコを梨花《りか》が支《ささ》える。

「そのうち、警察《けいさつ》とか自衛隊《じえいたい》とか、とにかく大人《おとな》が来《く》るから任《まか》せればいいのよ」

「けど、そいつらは中《なか》に慧《けい》がいることを知《し》らないだろ？」

ニコは自分《じぶん》の腕《うで》をつかんでいる梨花《りか》の手《て》をそっと解《ほど》く。

「だから、僕《ぼく》がやらないと」

「……分《わ》かった。学級委員《がっきゅういいん》として、協力《きょうりょく》する」

梨花《りか》はそうニコに告《つ》げると、キャットを振《ふ》り返《かえ》った。

「何《なに》か使《つか》えそうな発明《はつめい》は？」

「そうですね、ええっと……」

キャットは白衣《はくい》のポケットを探《さぐ》った。

「急《いそ》いで！」

「ちょっと待《ま》ってくださいよ！」

そうしている間《あいだ》にも、アルマ次郎《じろう》は次々《つぎつぎ》と遊園地内《ゆうえんちない》のアトラクションを破壊《はかい》していく。

「おっ！　あれは中《なか》でプリチー・ボーイが迷子《まいご》になったミラー・ハウス！　破壊《はかい》！」

アルマ次郎《じろう》の回転攻撃《かいてんこうげき》で、ミラー・ハウスはバラバラになった。

「これも危《あぶ》ない！　破壊《はかい》！」

続《つづ》いて、コーヒーカップが――。

「あれも危《あぶ》ない！　破壊《はかい》！」

地獄《じごく》の廃病院《はいびょういん》が――。

「子供《こども》が怪我《けが》しそうなものは、み〜んなぶっ壊《こわ》してやるぜ！」

まだ慧《けい》が乗《の》っていないフライングカーペットや、ゲームコーナーまでもがアルマ次郎《じろう》の餌食《えじき》となった。

「メリーゴーラウンド？　これも破壊《はかい》！」

「ちょっと待《ま》て！　メリーゴーラウンドのどこが危険《きけん》なんだよ」

慧《けい》がお腹《なか》の中《なか》から怒鳴《どな》る。

「グルグル回《まわ》って酔《よ》ったら困《こま》るだろ？」

「あんなんで酔《よ》わないだろ、普通《ふつう》！」

「その油断《ゆだん》がいけねえよ、プリチー・ボーイ！　超破壊熱光線《ちょうはかいねつこうせん》、ハイパー・デラックス・ホット・レーザー！」

アルマ次郎《じろう》はそう言《い》いながら、光線《こうせん》を目《め》から放《はな》ってメリーゴーラウンドを吹《ふ》き飛《と》ばした。

そして——。

「ほう、あれがプリチー・ボーイの最大《さいだい》の敵《てき》か？」

アルマ次郎《じろう》の目《め》は、回転絶叫《かいてんぜっきょう》ジェットコースター『気絶《きぜつ》』に向《む》けられた。

「そ〜れ、アルマジ・ボウリング！」

アルマ次郎《じろう》は巨大《きょだい》な鉄《てつ》の玉《たま》を吐《は》き出《だ》して、『気絶《きぜつ》』に命中《めいちゅう》させた。

『気絶《きぜつ》』は音《おと》を立《た》て、ゆっくりと崩《くず》れていく。

「キャット！」

「だからもうちょっと！　これは駅前《えきまえ》でもらったティッシュ、これはコンビニの領収書《りょうしゅうしょ》……」

梨花《りか》が急《せ》かせるが、なかなか使《つか》えそうな発明《はつめい》は出《で》てこない。

「おにゃ？　これは？」

キャットは懐中時計《かいちゅうどけい》のようなものをポケットの中《なか》から出《だ》して、ニコに見《み》せた。

「**『クリスタル・レーダー』**に反応《はんのう》がありますよ」

「クリスタル・レーダー？」

ニコは聞《き》き返《かえ》す。

「**『ジーニアス・クリスタル』**を発見《はっけん》できるレーダーですよ。このレーダーに反応《はんのう》があるんです。あのドクターK9《ケイナイン》の発明《はつめい》には、ジーニアス・クリスタルが使《つか》われているかも知《し》れません」

「そによ通《とお》り！」

「ジーニアス・クリスタルって、ラッキー・マシンを作《つく》るのに必要《ひつよう》だっていうあれか？」

「キャット！　そんなのあと！」

梨花《りか》の声《こえ》が一段《いちだん》と大《おお》きくなる。

「だから、あとちょっ……ありました〜！」

キャットは銃《じゅう》のようなものを握《にぎ》っていた。

「それはニャルサーP《ピー》28——じゃないな？」

と、ニコ。

前《まえ》に使《つか》ったニャルサーと似《に》てはいるけれど、先端《せんたん》が銃口《じゅうこう》ではなく、アンテナのような形《かたち》になっている。

「光線銃《こうせんじゅう》？」

梨花《りか》も眉《まゆ》をひそめる。

「いえ、これは**『28秒《びょう》ヒーロー光線発射装置《こうせんはっしゃそうち》』**。この発明《はつめい》が発《はっ》する光線《こうせん》を浴《あ》びると、28秒《びょう》間《かん》だけTV《テレビ》や映画《えいが》のヒーローのような超能力《ちょうのうりょく》を発揮《はっき》できるんです」

「で、これを誰《だれ》に使《つか》うの？」

梨花《りか》はキャットとニコの顔《かお》を交互《こうご》に見《み》る。

「また僕《ぼく》か⁉」

「じゃあ、私《わたし》を危《あぶ》ない目《め》にあわせるつもり？」

梨花《りか》は悲《かな》しそうに目《め》を伏《ふ》せる。

「その顔《かお》はずるいだろ？」

ニコはこういう表情《ひょうじょう》をした梨花《りか》に逆《さか》らえたことがない。

「ニコ君《くん》、どうするの？」

キャットがもう一度《いちど》聞《き》いた。

「分《わ》かった、やるよ！」

「それじゃ」

キャットが28秒《びょう》ヒーロー光線発射装置《こうせんはっしゃそうち》をニコに向《む》ける。

「ちょっと待《ま》って」

梨花《りか》はそう言《い》うと、自分《じぶん》のマフラーをニコの顔《かお》に巻《ま》きつけた。

「これで顔《かお》を隠《かく》して。目立《めだ》つと後《あと》で困《こま》るでしょ？」

「あ、ありがと」

「では、いきますよ！」

キャットは引《ひ》き金《がね》を引《ひ》いて光線《こうせん》を発射《はっしゃ》した。

ニコの体《からだ》を、緑《みどり》の光《ひかり》が包《つつ》み込《こ》む。

「これでニコ君《くん》、君《きみ》は28秒《びょう》だけスーパー・パワーの持《も》ち主《ぬし》です！」

「とりあえず、動《うご》きを止《と》める！」

ニコはジャンプしてアルマ次郎《じろう》の正面《しょうめん》に回《まわ》り込《こ》み、その頭《あたま》に向《む》けてパンチを見舞《みま》った。

「甘《あま》い！」

アルマ次郎《じろう》は体《からだ》を回転《かいてん》させて、甲羅《こうら》をニコの方《ほう》に向《む》けた。

ニコのこぶしは、簡単《かんたん》に甲羅《こうら》に弾《はじ》かれる。

「無駄無駄《むだむだ》っ！　このダイヤモンドより硬《かた》い甲羅《こうら》が、プリチー・ボーイを守《まも》っているのさ！　ちなみに、この甲羅《こうら》は正式《せいしき》には『鱗甲板《りんこうばん》』っていうんだぜ！　よい子《こ》のみんな、覚《おぼ》えておけよ！」

アルマ次郎《じろう》は誇《ほこ》らしげに背中《せなか》の甲羅《こうら》を見《み》せる。

「さすがはボディガード・ロボってことか!!」

ニコは次《つぎ》にキックを食《く》らわせたが、結果《けっか》は同《おな》じ。

硬《かた》い甲羅《こうら》はビクともしない。

「キャット、どうする!?」

ニコはキャットの方《ほう》を振《ふ》り返《かえ》る。

「ニコ君《くん》！　28秒《びょう》ヒーロー光線《こうせん》は最後《さいご》の10秒《びょう》だけパワーが倍《ばい》になり、必殺技《ひっさつわざ》が使《つか》えるようになるんです！」

キャットは言《い》った。

「必殺技《ひっさつわざ》!?」

「今《いま》なら使《つか》えるはずです、さあ、叫《さけ》んでください！　ウルトラ・スーパー・ガトリング・猫《ねこ》パンチと！」

「そんな格好悪《かっこうわる》いセリフ、吐《は》けるかあああああっ！」

人間《にんげん》、できることとできないことがある。

これはニコとしては、完全《かんぜん》にできない方《ほう》だ。

「残《のこ》り5秒《びょう》ですよ！」

「ニコ！」

キャットと梨花《りか》が見《み》つめる。

「4……3……」

「ええい、こうなったら！　ウルトラ・スーパー・ガトリング・猫《ねこ》パン〜チ！」

叫《さけ》んだニコは、こぶしを思《おも》い切《き》りアルマ次郎《じろう》の甲羅《こうら》に叩《たた》きつけた。

0・1秒間《びょうかん》に28発《ぱつ》の高速度《こうそくど》パンチ。

これを食《く》らったアルマ次郎《じろう》のボディは空高《そらたか》く舞《ま》い上《あ》がると――。

「そ、そんなバカな～！」

まぶしい光《ひかり》を放《はな》って爆発《ばくはつ》した。

バラバラになった部品《ぶひん》が広場《ひろば》だけでなく、崩落園中《ほうらくえんじゅう》に降《ふ》り注《そそ》ぐ。

「か、勝《か》った？」

ニコは信《しん》じられないといった目《め》で自分《じぶん》の手《て》を見《み》つめた。

と同時《どうじ》に、ニコを包《つつ》んでいた緑色《みどりいろ》の光《ひかり》が消《き》える。

光線《こうせん》の効《き》き目《め》が切《き》れたのだ。

「で、銀河君《ぎんがくん》はどうなりました？」

キャットが尋《たず》ねる。

「……あ」

ニコはあわてて残骸《ざんがい》をどかして慧《けい》を捜《さが》し始《はじ》めた。

「慧《けい》、生《い》きてるか？」

慧《けい》はすぐに見《み》つかった。

「か、かろうじて」

頷《うなず》き返《かえ》す慧《けい》を、ニコは助《たす》け起《お》こす。

「意外《いがい》と丈夫《じょうぶ》ね」

と、梨花《りか》は素《そ》っ気《け》ない。

「ニコ君《くん》、『ジーニアス・クリスタル』も確保《かくほ》したよ！」

キャットがやってきて、ニコに透明《とうめい》な鉱石《こうせき》っぽい塊《かたまり》を見《み》せた。

「この前《まえ》のと、色《いろ》が違《ちが》う」

前《まえ》に見《み》つけたジーニアス・クリスタルは無色《むしょく》だった。

でも、これはルビーのような真《ま》っ赤《か》な色《いろ》をしている。

「これはジーニアス・クリスタルの中《なか》でも特《とく》に貴重《きちょう》なものだよ。ドクターK9《ケイナイン》がどこでこれを手《て》に入《い》れたのか、ちょっと気《き》になりますね」

キャットは白衣《はくい》のポケットにクリスタルをしまいながら、首《くび》をひねる。

「これでまたラッキー・マシンの完成《かんせい》に近《ちか》づいた訳《わけ》か」

「とにかく、ここから逃《に》げ出《だ》しましょう。大騒《おおさわ》ぎになる前《まえ》に」

梨花《りか》がニコに向《む》かって言《い》った。

「もうすでに大騒《おおさわ》ぎだけどね」

近《ちか》づいてくるパトカーのサイレンが聞《き》こえる。

ニコは慧《けい》をおんぶして、崩壊《ほうかい》した崩落園《ほうらくえん》から退散《たいさん》することにした。

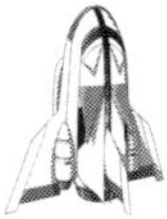

「あははははっ！　遊園地《ゆうえんち》でボロボロって、お前《まえ》ら何《なに》やってんだよ!?」

救急箱《きゅうきゅうばこ》を持《も》ってきて慧《けい》の手当《てあて》をしながら、慕香《もか》は大笑《おおわら》いした。

「慕香《もか》さんがついてきてくれればよかったのに」

傷《きず》が痛《いた》むらしく、慧《けい》は顔《かお》をゆがめる。

「ごめんごめん！　今日《きょう》は部活《ぶかつ》の試合《しあい》があってさ〜」

慕香《もか》はグリグリと慧《けい》の頭《あたま》をなでる。

「確《たし》かに。慕香《もか》さんなら28秒《びょう》ヒーロー光線《こうせん》を使《つか》わなくても、素手《すで》でロボットの1体《たい》や2体《たい》——ふぎゅあっ！」

余計《よけい》なことを口《くち》にするキャットの顔面《がんめん》に、慕香《もか》が投《な》げた包帯《ほうたい》がぶつかった。

「人《ひと》のことは言《い》えないけど、慧《けい》もかなりついてないよなあ」

ニコは慧《けい》に同情《どうじょう》の目《め》を向《む》ける。

だが。

「……あれがそう見《み》えるの？」

梨花《りか》がニコにささやいた。

「違《ちが》うの？」

「ニコ」

「ん？」

「鈍《にぶ》すぎ」

ニコは慧《けい》と慕香《もか》の方《ほう》を一度《いちど》見《み》る。言《い》われてみれば、慧《けい》はすごく楽《たの》しそうだ。

「……まさか、慧《けい》って慕香姉《もかねえ》のこと？」

ニコは思《おも》い出《だ》した。崩落園《ほうらくえん》で慧《けい》が、慕香《もか》が握《にぎ》ったおにぎりを欲《ほ》しがったことを。

「慕香《もか》さんって、人気《にんき》あるのよ」

「へえ……」

ニコはちょっと複雑《ふくざつ》だ。

実《じつ》は。

ニコは姉《あね》の慕香《もか》のことをあまり知《し》らない。

少《すこ》し前《まえ》まで、ニコには姉《あね》は愛浪漫《あろま》ひとりしかいなかったのだ。

だけど、キャットの発明《はつめい》を使《つか》って時間旅行《じかんりょこう》をくり返《かえ》した結果《けっか》、現在《げんざい》が変《か》わった。

今《いま》までいなかったはずの姉《あね》がひとり増《ふ》えた。

それが慕香《もか》なのである。

でも、誰《だれ》も世界《せかい》が変《か》わってしまったことを知《し》らない。

変《か》わったという記憶《きおく》があるのは——慕香《もか》がいなかったことを知《し》っているのは——、タイムトラベルをしたニコだけなのだ。

慧《けい》や梨花《りか》を含《ふく》めたみんなは、慕香《もか》がずっとここにいたという記憶《きおく》を持《も》っている。慕香《もか》が小《ちい》さい頃《ころ》のことも知《し》っている。

そのことが、ニコはちょっとうらやましいような——。

「痛《い》たたたたたた～っ！　慕香《もか》さん、もう少《すこ》し優《やさ》しく！」

「ええい、ぜいたく言《い》うな、小学生《しょうがくせい》！」

……そうでもないような気《き》がした。


そして、夜《よる》になり——。

「やあ、慧《けい》くん！　遊園地《ゆうえんち》は楽《たの》しかったかい？」

包帯《ほうたい》と絆創膏《ばんそうこう》だらけで帰《かえ》ってきた慧《けい》に、ドクターK9《ケイナイン》は尋《たず》ねていた。

「これが楽《たの》しかった姿《すがた》に見《み》えるのか～っ！」

その後《ご》1週間《しゅうかん》、慧《けい》はK9《ケイナイン》と口《くち》をきかなかった。


翌日《よくじつ》の午後《ごご》。

キャットは研究室《けんきゅうしつ》で新聞《しんぶん》を読《よ》み上《あ》げていた。

ヒーロー、遊園地《ゆうえんち》を守《まも》る。

昨日《きのう》、謎《なぞ》のロボットに襲《おそ》われた遊園地《ゆうえんち》を守《まも》ったのは、アトラクションに出演《しゅつえん》するヒーロー『覆面戦隊《ふくめんせんたい》マン』だった。覆面戦隊《ふくめんせんたい》マンは本当《ほんとう》のヒーローらしく、自分《じぶん》たちではないと活躍《かつやく》を否定《ひてい》しており――。


「さすがはヒーローと話題《わだい》になっている、と」

どうやら、顔《かお》を隠《かく》していたニコの姿《すがた》が戦隊《せんたい》のヒーローに見間違《みまちが》えられたようである。

「まあ、これでよかったんでしょうね」

キャットは新聞《しんぶん》をポイッとテーブルの上《うえ》に置《お》いた。

「ちっともよくない！」

ニコはソファーに横《よこ》になり、うめいていた。

「何《なん》だよ、この筋肉痛《きんにくつう》！　昨日《きのう》の慧《けい》よりひどいことになってるじゃないか！」

「たった28秒《びょう》とはいえ、人間《にんげん》が普段《ふだん》出《だ》せない力《ちから》を出《だ》したから、副作用《ふくさよう》ぐらいありますよ」

ネコ缶《かん》の中身《なかみ》をお皿《さら》にあけながら、キャットは当然《とうぜん》という顔《かお》をする。

「先《さき》に言《い》えよ！」

「それよりも次《つぎ》の発明《はつめい》ですよ、ニコ君《くん》。次《つぎ》はですね――」

「今度《こんど》は安全《あんぜん》なんだろうな？」

「…………」

「目《め》をそらすなあああっ！」

という訳《わけ》で。

今日《きょう》もまた平和《へいわ》な、キャット&《アンド》ニコ発明研究所《はつめいけんきゅうじょ》であった。

invention.009

28秒《びょう》ヒーロー光線発射装置《こうせんはっしゃそうち》

ここから出《で》る光線《こうせん》を浴《あ》びると、
28秒間《びょうかん》だけヒーローになれる。
ただ必殺技《ひっさつわざ》を出《だ》すには、
とっても恥《は》ずかしいセリフを言《い》わなくては
ならないぞ!

（今回《こんかい》の入手《にゅうしゅ》アイテム）

ジーニアス・クリスタル（赤色《あかいろ》） 1個《こ》

（今回《こんかい》の収入《しゅうにゅう》）

0円《えん》

（ラッキー・マシン完成《かんせい》までの予算《よさん》残《のこ》り）

1174万《まん》8308円《えん》

（結論《けつろん》）

今回《こんかい》も赤字《あかじ》!!!

のにゃんダフルな日《にち》常《じょう》 その2

猫《ねこ》のいる生活《せいかつ》

愛浪漫《あろま》と慕香《もか》

本日《ほんじつ》の発明品《はつめいひん》

本日《ほんじつ》の発明品《はつめいひん》・ふたつめ

Shogakukan Junior Bunko

★小学館ジュニア文庫★
天才発明家ニコ＆キャット キャット、月に立つ！

2017年12月25日 初版第1刷発行

著者／南房秀久
イラスト／トリル

発行人／立川義剛
編集人／吉田憲生
編集／山口久美子

発行所／株式会社 小学館
〒101-8001 東京都千代田区一ツ橋2－3－1
電話 編集 03-3230-5105
販売 03-5281-3555

印刷・製本／中央精版印刷株式会社

デザイン／黒木香

★本書の無断での複写（コピー）、上演、放送等の二次利用、翻案等は、著作権法上の例外を除き禁じられています。本書の電子データ化などの無断複製は著作権法上の例外を除き禁じられています。代行業者等の第三者による本書の電子的複製も認められておりません。
★造本には十分注意しておりますが、印刷、製本など製造上の不備がございましたら、「制作局コールセンター」（フリーダイヤル0120-336-340）にご連絡ください。
（電話受付は土・日・祝休日を除く9:30～17:30）

©Hidehisa Nambou 2017 ©TORILU 2017
Printed in Japan ISBN 978-4-09-231205-0